KB268043

'인간 아닌 인간' 으로 사는 법

'인간 아닌 인간' 으로 사는 법

초판 1쇄 인쇄 2011년 04월 27일
초판 1쇄 발행 2011년 05월 04일

지은이 | 김승길
펴낸이 | 손형국
펴낸곳 | (주)에세이퍼블리싱
출판등록 | 2004. 12. 1(제315-2008-022호)
주소 | 서울특별시 강서구 방화3동 316-3번지 한국계량계측협동조합회관 102호
홈페이지 | www.book.co.kr
전화번호 | (02)3159-9638~40
팩스 | (02)3159-9637

ISBN 978-89-6023-567-0 03810

'인간 아닌 인간' 으로 사는 법

김승길 지음

사물이 내게 말한다.

가로수도 산도 돌과 바위도 내게 말한다.

까치도 참새도 토끼도 내게 말한다.

'인간'답게 살아가라고 말하지만 나는 말귀를 못 알아들을 때가 많다.

삼라만상은 '자기'답게 잘 살아가고 있는데 인간만 아니란다.

모든 사물에겐 배려하지 않고 삶의 운전을 지그재그로 하는 이기적인 존재라고 말해준다.

명상하고 사색하고 관조하면서 인간 외의 사물을 살피면서 살아라가고 내게 타이른다.

인간은 인간답지 못한지가 오래 전이란다. 인간이 아니니 인간처럼 살지 말라고도 말한다.

‘인간 아닌 인간’으로 살아가라고 돌과 바위, 새들과 나무들이 내게 말해준다.

인간 아닌 인간으로 살 수 있을 때 가장 인간다운 삶이라고 사물들이 내게 말한다.

사물의 말소리를 듣고 글을 써 본다.

‘사람 아닌 사람’으로 ‘인간 아닌 인간’으로 살아가려고 말이다.

|차 례|

1

'사람 아닌 사람' 으로 살기

"김 선생님, 수필이면 수필이고 수필이 아니면 아니지, '수필 아닌 수필집'이 뭐예요? 참 혼란스럽네요."

"원래 나라는 인간은 혼란스럽게 사는 사람입니다. '사람 아닌 사람'으로 살려고 지금까지 바둥거리며 살아 왔습니다만 잘 안 되네요"

"네?"

'수필 아닌 수필집'이란 제목으로 책을 내고 나니 보는 이마다 한 마디씩 걸고 나선다. 기실 나는 지금까지 사람을 초월해서 사는 방법이 없을까 엉뚱한 생각을 하며 살아왔다. 다른 사람과 다르게 살고 싶었다. 오직 나 자신으로만 살려고 애를 써왔다. 가장 나답게 살아보려고 안간힘을 다 했다. 나답게 살아야겠다며 나로만 살아온 게 사실이다. 남들은 나를 별난 사람이라고도 한다. 내가 보기엔 그렇게 말하는 이들이 더 별난 사람이고, 나는 극히 정상이라고 생각하는데도 그 반대로만 보니 참 딱하다는 생각도 든다. 내가 11년 째 머리를 빡빡 밀고 사는 것도 남들은 별난 사람으로 보는 모양이다. 양가의 직계가족만 모아놓고 장남 결혼식을 올린 것도 별나게 보는 사람이 많다. 신랑신부를 제외하고 하객 9명뿐이라도 성스러운 결혼식을 올렸다고 생각하니 남들은 이상하게 볼지라도 기분이 좋았다. 내게 결혼 날짜를 택일하러 온 고객에게 장남 결혼식을 얘기했더니 "첫 결혼입니까?" 이렇게 말하는 이 앞에서는 아예 더 이상 말을 할 수가 없었다.

그분이 이해하기 힘든 거나 내가 그런 말하는 걸 이해 못하는 게 어쩌면 똑같은지 모르지만. 아들은 일생일대에 가장 성스러운 의식을 올린 것이다. 마지못해 참석한 하객, 밥 먹기 바빠 예식의 축하엔 관심 없는 하객, 귀찮지만 체면 때문에 인사치례로 참석하는 사람들을 자주 보아왔었던 터였다. 그런다고 남의 소중한 결혼식에 축하를 등한시하고 싶지는 않다.

'결혼 아닌 결혼식'을 한 셈이다. 남들이 볼 때는 '결혼식이 뭐 그래'이고, 내가 보기엔 아주 성스러운 결혼식이니 '결혼식 아닌 결혼식'이란 말로 얼버무리고 만다. 가장 나답게 사는 건 내가 꼭 하고 싶은 일을 하는 것이다. 나답지 못하고 남이 하는 대로 따라 하는 것은 남답게 사는 일이라고 생각된다. 왜 나를 나답게 살지 않고 남답게 살 필요가 있겠는가, 내게 늘 질문을 해본다.

내 인생에 부여된 시계에 맞춰 살고 싶다. 내 마음의 시계, 생각의 시계, 생체의 리듬의 시계에 맞춰 살아가고 싶다. 조금이라도 나답게 살아질 때가 홀가분하고 즐겁고 행복해도 남에게 피해를 주지 않으려고 애쓴다.

내가 나를 생각하면서 사는 방법이 바로 나스러운 삶이라고 생각한다. 남들이 살아가는 방법에 대해서 왈가왈부하고 싶지 않은데도 남들은 내게 간섭 아닌 간섭을 하는 경우가 많다. 나는 나이고, 너는 너인 속에서 우리가 존재하는 것이다. 남을 인정하지 않는 내가 아니라 남과 다른 나를 살고 싶어서 '사람 아닌 사람'으로 살고 싶은 것이다. 오직 나에게만 부여된 나의 삶이기에 '사람 아닌 사람' 으로 살아야만 후회가 없을 것 같은 생각이 들어서 그렇게 살아가고 있을 뿐이다.

순간의 죽음

창밖을 내다보니 공원에서 젊은이들이 사진을 찍고 있다. 이따금 이국인들이 종묘의 고색창연한 담을 배경으로 사진을 찍기도 한다.

담장 안에는 수백 살이 넘는 상수리나무, 신갈나무, 잣나무들이 하늘을 찌를 듯 많은 가지들을 뻗고 있다. 2m도 못 되는 인간이 사는 모습을 넘겨다보고 있다. 8십여 년 남짓한 한계수명을 지닌 인간으로서 상수리나무가 외경스러워서 사진을 찰칵찰칵 찍어대는 걸까. 수많은 시간이 앞뒤로 꽉 채워져서 열차처럼 달리고 있는 세월을 한 토막 잘라서 잡아두는 사진이 참으로 신기하단 생각이 든다.

지금 '저기'서 세월을 정지시켜 찍고 지나간 이들이 다음에 다시 와 봐도 똑같은 '저기'일까. 나무들은 더 자랐을 것이다.

가지가 꺾이거나 더 자라서 사진속의 나무와는 아주 많이 달라 보일 것이다. 다르게만 보이는 게 아니라 실제로 많이 달라져 있을 것이다.

순간을 잡아두는 사진기처럼 삼라만상도, 세월도 그대로 잡아둔다면 좋겠다. 지금 사진을 찍는 이들이 여러 해 지나 다시 온다면 많이 변한 걸 느낄까. 변한 공원의 모습은 알아 차리지만, 자신이 변한 건 제대로 느끼지 못할지도 모르겠다. 지금 이 순간을 잡기 위해 셔터를 누른다. 찰칵 소리와 함께 순간은 변해버린다. 찰칵 소리를 들으며 순간은 저만큼 달아 나고 있다. 또 다른 순간이 채워지고 있다. 나는 창가에서 사 진을 찍는 데이트족을 하염없이 바라본다. 내 뇌리에서 찰칵 소리를 내면서 나를 찍고 있는 느낌이다.

내 뇌 속에 찍힌 지금 이 장면의 사진들이 각인되어 오래 남을 수도 있고 금방 지워질 수도 있을 게다. 쉽게 지워지지 않는 것들이 많을 것만 같다. 세월은 저절로 가는 게 아니다. 내가 지금 창가에 서서 세월을 보내고 있기에 가는 것이다. 세월을 보내고 있는 나는 지금 저 공원에서 찍는 사진처럼 찍히고 싶다. 찰칵 소리를 듣고 있는 지금 나는 세월을 맞이

한 적도 없이 보내기만 한다. '찰칵' 하는 순간의 소중함을 다시 한 번 간절히 새김질해 본다. 전자레인지에 유유를 데운다. 다운되는 초록색 아라비아숫자가 툭툭 떨어져 내린다. 수십 년 아니 수백 만 년이 흘러가도 다시는 오지 않을 숫자들이다. 내게로 다가오는 세월은 잘 보이지를 않는다. 아니 내가 보지를 못한다.

내 곁에서 저만큼 가버린 세월은 잘도 본다. 젊은이들은 공원에서 순간을 계속 찍고 있다. 나는 지금 이 순간 저들을 내 뇌 속에 찍어 넣는다. 세월이 산산조각이 되어서 흩어져가고 있다. 그 조각들이 나의 인생이라는 생각이 드니 마음이 스산해진다. 찍히고 난 순간은 이미 저 멀리 달려가고 있다. 사진으로 남아 있는 순간은 지금 찍는 이 순간이 아니다. 순간은 순간이 아니고 허상으로만 남는다. 지금 내가 창가에 서서 공원을 내다보고 있는 이 순간도 순간이 아니다. 허상의 순간을 허상이 아닌 것처럼 붙들고 안간힘 쓰는 게 인생살이가 아닌지.

기적의 존재

무엇이 나일까? 갑자기 궁금증이 일어난다. 나의 머리 위에서부터 발아래까지 하나하나 순서를 짚어 찬찬히 살펴본다.

머리카락, 두피, 이마, 눈썹, 속눈썹, 눈, 귀, 코, 입술, 치아, 잇몸, 입, 혀, 목젖, 턱, 목, 어깨, 쇄골, 가슴뼈, 배꼽, 엉덩이, 음부, 다리, 무릎, 종아리, 발목, 발뒤꿈치, 발등, 발가락, 발톱, 팔, 팔꿈치, 손, 손바닥, 손등, 주먹, 손가락, 손톱까지 차례차례로 살펴 이름을 불러본다. 수천 내지 수만 가지가 넘는 부속품 중에서 하나만 빠져도 완전한 내가 아닐 게다. 내 눈으로 볼 수 있는 부속품 중엔 보기 좋게 생긴 것도, 못 생긴 것도 있다. 광전자현미경으로 관찰해 보면 육안으로 볼 수 없었던 부속품들이 더 많이 있을 것이다. 첨단과학 기계로도 볼 수 없는 부속품들도 내 안에는 많이 들어있다. 정신, 마음, 기분, 생각은 아무리 최첨단기계라고 해도 볼 수가 없는 존재다.

하루에 1만 8천 가지 마음이 생겼다가 없어진다는 기록도 있다. 4만 가지가 넘는다는 글도 읽은 적이 있다.

마음과 비슷한 생각이란 녀석도 또 비슷하다. 하루에도 수천수만 가지 생각들이 생겼다 사라지곤 하니 어쩌면 기적이 아닐지. 아주 오래 전에 잠시 생겨났다가 사라져버렸던 짧은 생각이 어디 숨어 있었는지 우쩍 솟아오를 때도 있다. 보이는 것이든 보이지 않는 것이든 모두가 나를 구성하고 있는 부속품이다.

많은 부속품 중 어느 것 하나만 고장이 나면 내 정신이 알아차린다. 보이지 않는 것들이 엇나가기 시작하면 우울증을 앓는다거나 이상한 태도를 보이기도 한다. 정신이 고장 나면 일반인들의 사고나 행위를 벗어나 이상한 궤도로 진입한다. 사이비종교에 빠진다거나, 일반적인 상식에 전혀 배치되는 행위나, 사고를 갖는 경우도 보이지 않는 것들도 일종의 고장이 아니겠는가. 뇌 속엔 보이지 않는 부속품들이 밤하늘의 별무리만큼이나 많이 존재하고 있는 모양이다. 신경세포 조직이나 그 작용을 현대 과학으로 다 풀어낼 수 없는 비밀스러움이 무궁무진하게 숨어 있다.

지금 내 앞에 사람이 걸어가고 있다. 사람이 걸어가는 것이 아니고 뇌 속에 비밀스런 존재들이 움직이고 있는 중이라고 해야 옳겠다. 알 수 없는 존재가 지금 내 앞에 이동하고 있다. 두 눈으로 앞을 보면서 두 다리로 걸어가고 있는 중이다. 보이고 보이지 않는 부속품들이 동시에 작동하는 중이다. 에너지를 소모하며, 생산하며 걸어가고 있는 중이다. 지금 내 앞에서 걸어가고 있는 사람의 머릿속의 움직임이 무척 궁금하다. 걷고 있는 본인도 모를 것이다. 앞에 걸어가는 이나 나나 알 수 없는 존재다. 잠시 지구상에 와서 움직이다가 어디론가 가야할 존재들이다. 사람은 기적을 행하는 신비한 존재인가 보다. 나라는 존재도 광활한 공간의 한 귀퉁이를 차지하고서 쉬지 않고 움직이고 있다. 나는 나를 모른다. 타인도 나를 잘 모른다. 우주의 한 공간에서 쉬지 않고 기적을 행하고 있는 나는 정말 신비한 존재다.

정수리에 말뚝 박힌 사장님

"이마가 훤하고 윤색이 나오는 걸 보니 부모덕을 보게 생겼네요."

"선생님, 저는 10살 이전에 양친을 잃고 고아로 살았는데요!" 인생 상담을 하러온 고객의 불쾌한 대꾸였다. 조실부모했을지라도 현재의 관상이 그렇게 보인다고 말해주고 돌려보냈다.

"관상 본다는 사람이 영 엉터리구먼!" 군담을 하며 발길을 돌린 이가 서너 달이 지난 뒤에 다시 방문했다. 믿을 수도 믿지 않을 수도 없는 일이 생겼다는 거였다. 홀몸으로 고생 끝에 오십이 넘은 지금은 제품공장도 운영하고 부동산으로 재산을 꽤 모았다고 했다. 고향에 대해선 아무 것도 모를 뿐 찾고 싶지도 않은 심정이라고 했다. 내게 다녀간 뒤 육촌 당숙이 된다는 분이 느닷없이 찾아와서 부모 생전에 가지고 있던 산이 3만 평이 넘는다며 땅을 찾아주려고 왔다고 했다. 사기를 치려고 찾아온 거라고 일언지하에 거절했는데 지난번에 관상을 보고 '부모덕'이라고 했던 말이 이상하게 잊히지 않아 다시 왔노라고 했다.

당숙이란 분의 말로는 고모님이 한 분 있었는데 비구니가 된 지 오래 되어서 어느 절에 있는지 찾을 수가 없다며 재산을 찾아주면 다소 수고비를 달라고 하면서 자기가 등기까지 해 준다며 충남 온양으로 내려가자고 했다. 나는 그분의 관상을 다시 보고 부모의 재산을 크게 물려받을 수 있으니 당숙과 함께 찾아 나서라고 했지만 이번에도 믿지 않는 눈치였다.

한 달쯤 후에 그분이 다시 찾아와서는 이상한 꿈을 꿨다고 했다. 어떤 할아버지가 자기 정수리에다가 커다란 말뚝을 탕탕 박아댔다. 어찌나 아팠던지 꿈을 깨고 나서도 한동안 얼얼하게 아픈 느낌이 들었단다. 뇌 속에 어떤 큰 병이 생겼는가 싶어 해몽을 해달라는 거였다. 재산을 찾는 일은 사기로 치부하고 단념했다고 했다. 나는 꿈의 정황을 자세히 듣고 나서 그 어른을 당장 찾아가서 산 찾는 일에 동조하라고 했다. 좋은 일이 눈앞에 왔는데 깨닫지 못하고 있어서 정신을 차리라고 암시하는 꿈이었다. 몇 달 후에 정수리에 말뚝 박힌 사장님이 또 찾아왔다. 나도 까맣게 잊고 있었다. 해몽을 듣고 헛수고 하는 셈치고 당숙이라는 분을 찾아갔었단다. 동네 사람들의 이야기를 들으니 아버지의 산은 사실이었다. 집안 어른들이 보증을 서고 여러 가지 절차를 밟아 상속을 했다. 온천개발을 할 수 있는 땅이라 값이 천정부지로 치솟아 오르고 있다고 했다.

삼 년 후에 그분은 재산을 모두 처분해서 미국으로 이민을 갔다. 꿈이란 해석을 잘해야 한다. 득이 될지 해가 될지는 꿈속에 이미 그 소재가 들어있다. 잠재의식이 미래를 예고해주는 건데 해석을 잘못해서 거슬리거나, 중요한 일들을 놓치는 경우가 종종 있다는 게 나의 수십 년 인생 상담에서 체득한 경험들이다.

정수리에 말뚝 박힌 사장님과 그 꿈이 오래오래 잊어지지 않는 건 내게 무슨 암시를 주기 위함인지 모르겠다. 내게도 누군가가 말뚝을 탕탕 박아줬으면 싶다.

내가 잘못하는 일을 보고 그냥 넘기는 것보다 따끔하게 말뚝이라도 박아주는 사람이 있었으면 좋겠단 생각 때문에 그 사건이 잊어지지 않을지도 모르겠다. 십오 년이 지난 지금도 그 꿈이 종종 떠오를 때마다 정수리에 말뚝 박히는 기분으로 정신 바짝 차리고 살자고 자신을 추스르곤 한다.

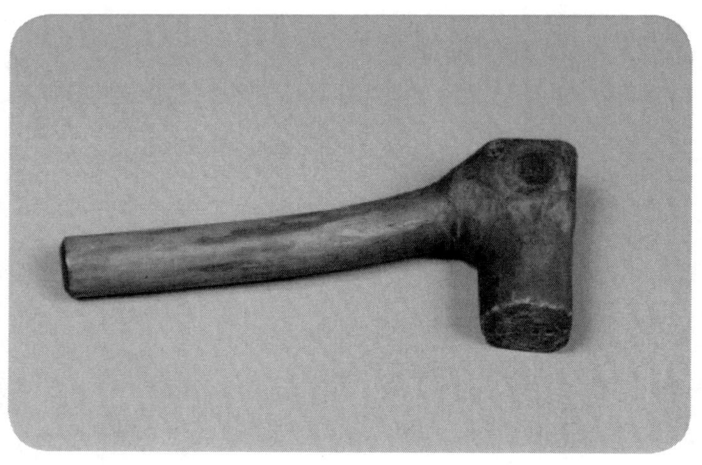

마음 뗏물

따발총을 발사한다. 말 따발총이라서 다행인 건 아니다. 말 따발총을 발사하는 이는 나이도 들 만큼 든 것 같은데 어느 누가 어쩌랴 싶은 모양이다. 건너편 좌석이 두 사람 앉을 자리밖에 없는지라 한 분은 내 곁으로 와서 앉는다. 내 곁에 앉은 여인이 건너편 아저씨더러 자리를 바꿔달라고 눈 메시지를 계속 보낸다. 길어봐야 갈 곳이 한 시간도 안 걸리는 전철인데 그 사이를 떨어져서는 안 되는지 한사코 합석을 만들어댄다.

여인들을 바라보고 있는 나는 '틀림없이 이제부터 시작일 게야!' 맘속으로 짐작하며 세 여인들의 입부터 관찰한다. 호기심 많은 내 귀를 곤두세워야 할 차례다. 방금 전에 갈아탄

전차 안에서 말다툼을 하고 난 뒤라는 걸 금방 알아차릴 수 있게 정보를 흘린다.

"아무리 그렇지만 고 따위 말을 해!" "이젠 고만 해라."

"야, 내가 얼마나 창피했는지 알고 하는 소리냐."

아무리 생각해도 사람들의 시선을 집중시켜서 얼굴을 붉히며 침을 튀기는 일이 더 창피할 것 같은데도 아랑곳하지 않는다. 말을 하다가 연신 고개를 숙여서 옷섶을 내려다본다. 툭툭 털다가 손으로 비비다가를 연속이다. 점심을 먹다가 국물을 떨어트린 모양이다. "에이, 재수 없어."

방금 전에 다툰 사람을 생각하고 재수 없다고 하는 건지, 옷섶에 묻은 땟자국에게 하는 말인지 나로서는 명확하게 알아 낼 수가 없는 노릇이다. 계속 씩씩거리며 옷을 털다가 방금 싸운 사람 욕설을 퍼 대기를 멈추지 않는다. 사람들이 쳐다보는 것쯤으로는 부아를 상쇄할 수 없는 모양이다.

'이 정도 세월에 그을린 나이인데 창피할 게 뭐람.'

산전수전 공중전까지 다 겪고 난 아줌마 상표로는 이 정도쯤은 아무렇지도 않다는 투다. 어디 고생하며 살아온 우리네의 아줌마들이 다 그러랴만, 좀 서글픈 생각이 앞선다. 계속 털어대지만 지워지지 않는 땟자국까지도 한결 부아를 돋우는 모양이다. 아무리 비싸고 좋은 옷에 땟자국이 생겼더라도 어디 마음에 묻은 땟자국만 하랴. 많은 사람 앞에서 얼굴에 핏대를 세운다는 것이 본인인들 어디 좋다고 생각하겠는마는 정면으로 보고 있기가 참 민망해서 나는 시선을 다른 데로 돌린다. 계속 신경질만 분출하는 분의 마음에 땟국물이 지금 단단히 묻고 있다는 생각이 든다.

대중이 있는 장소에서 가히 아름답지 못한 얼굴 모습을 보이는 저 마음을 어찌하오리까. 마음이란? 마음에 땟국이 묻는 것부터 잘 살펴봤으면 좋겠단 생각이 들게 가르침을 준다. '남의 마음 먼저 보려고 애쓰지 말고 네 맘이나 잘 살펴봐라' 이런 울림이 계속 내 마음 귓문을 두드리며 맴돈다. 그래그래, 앞에 앉은 이가 내 거울인 것을 왜 진즉 몰랐던가. 나를 볼 수 있는 거울이 도처에 있어 좋다. 있다는 걸 깨달은 게 더 다행이다.

갠지 사람인지

"개집에 살던 아들이 오늘 조계사에 왔던데."

"이사 간 지가 언젠데, 만나도 나는 못 알아보겠는데."

아내의 말에 무심코 대답을 하다가 갑자기 마음이 섬뜩해진다. 사람이 사람 집에 살지 않고 개집에서 살다니!

인생이 뭘까? 먹는 게 인생이다. 누구네는 최고급만 먹는 인생이란다. 최고급을 먹고 싶어도 먹지 못하는 인생도 인생이다. 할 수 없이 저급만 먹고 산다는 인생이 더 많다고 한다. 입는 게 인생이다. 누구네는 최고급으로 화려한 옷만 입는다지. 화려한 옷을 입고 싶어도 입지 못하는 인생도 많단다. 할 수 없이 보잘 것 없는 옷만 입고 사는 인생도 부지기수란다.

인생은 집이다. 세상엔 개집으로 보이는 집에서 사는 사람
도 있단다. 사람 집으로 보이는 곳에서 사는 이도 많다. 사
람 집에서 살면서 스스로 개집에 산다고 느끼는 이도 있을
법하다. 고급주택에 사는 이가 사람이 개집에 산다고 신기해
할지도 모르겠다.

인생은 다르다. 다르기에 서로 다른 생각을 하면서 살아가
고 있단다. 개집으로 보이는 집에서 살아도 행복한 이가 있
다지. 좋은 집에서 살아도 개집에 사는 사람보다 행복하지
않은 이도 있단다.

인생은 중얼거림이다. 사람이 개집에 사는 세상이 되어버
렸다고 구시렁거리며 지나간다. 개집과 사람 집, 참 많이 헷
갈려서 중얼거리며 걷는다. 개와 사람을 구별하기가 힘든 세
상이라고 중얼거린다. 인생은 집에 산다. 개만 개집에 살고
사람만 사람 집에 산다면 헷갈리는 일은 없단다. 35년 전에
돈화문 앞으로 이사를 왔을 때 실제로 개집에 사람이 살았다.
비원 앞 개집이라면 먼 데까지 소문이 자자해 개집을 사러
오곤 했다. 인생은 만든다. 나무로 개집을 만들어서 파는 그
집에서는 사람이 살았다.

개집에 살던 이들이 이사를 간 지 오래됐지만 지금도 이웃

들은 개집이라고 한다. 한 번 개집은 영원히 개집이다. 인생은 개집과 사람 집을 모른다. 개집이나 사람 집을 구별하기가 참 헷갈리는 세상이란다. 분명히 사람 집에서 나오는 사람을 더러는 개 같은 사람이라고 칭하기도 한다. 개보다 못한 인간라고 할 때도 있으니 개도 사람도 아니다. 개가 사람인지 사람이 개인지 또 헷갈리는 세상이다. 개가 사람보다 낫다는 건지 못하단 건지? 개집에서 사람이 살고 사람이 개집에 사는 세상이니 알 수 없는 세상이다.

허허, 참. 내가 지금 무슨 소리를 하고 있는 거지, 개도 사람도 못 되려고? 지금 나는 개소리를 하고 있는 걸까. 사람소리를 하고 있는 건가. 곰삭혀 따져봐야 할 일이 아니겠는가.

흰 돌

늘 다니는 등산길에 없던 바윗돌 하나가 놓여 있다. 언제부터 있었는지, 굴러 내려온 바윗돌이 영 낯설게 느껴진다.

'돌'의 사전적 의미는 흙 따위가 굳어서 된 광물질의 단단한 덩어리라고 되어 있다. 돌의 족보 찾기에 나도 모르게 또 빠져든다.

돌과 바위는 어떻게 다른 걸까. 부피가 매우 큰 돌을 바위라고 한다지만 몇 킬로그램 이상이 바위고 그 이하가 돌멩이인지. 아무리 따져 봐도 현답이 안 나오니 궁금증만 증가한다. 돌과 바위를 인간이 정한다는 건 가당찮은 일이란 생각에 이른다. 바위와 돌과 자갈과 모래는 같은 성분인데도 각각 달리 칭하는 것도 인간의 생각의 생각이 아닌가.

돌멩이는 바위보다 작고, 자갈보다 큰 것이라고 두루뭉술하게 구분한 것도 인간이 한 일이 아닌가. 자잘한 돌을 자갈이라고 이름 지어 놓고 그 밑 등급을 모래라고 칭한다. 모래는 또 흙보다는 굵지만 언젠가는 세월을 더 먹고 나면 흙으로 변할 것이다. 등산로에 낯선 돌은 바위라고 하기도 돌멩이라고 하기도 좀 어정쩡하다. 오르던 산길을 멈추고 돌에 대한 족보를 한참동안 따져가며 들여다본다. 돌들의 내면의 소리가 내 영혼을 흔들어 깨운다.

세월이 성형한 둥글둥글한 돌은 인심 좋은 이웃집 할머니를 연상케 한다. 거무스레한 외모인 바윗돌 나이는 수천수만 살이나 될 거라는 짐작만 할 뿐이다. 떨어져 나간 귀퉁이가 새하얗다. 겉은 하얀데 속이 시커먼 인간인 나와는 정반대다. 둘러보니 바닥에 박힌 돌들이 하얀 이빨들을 드러내고 화가 잔뜩 나 있다.

지난겨울 등산객들의 아이젠에 찍히고 할퀸 자국들이 마치 참새가 똥을 찍찍 갈겨놓은 것 같기도 하고 하얀 이빨을 드러내고 화를 낼 것 같기도 하다. 계곡의 돌들 거의가 화가 나서 입을 다물지 않고 나를 비웃고 있다. 긁힌 자국을 살펴보니 돌의 속마음은 나와는 달리 하얀 게 분명하다. 내가 지금껏 하얀 돌이 없을 거라 생각했던 게 사실이다. 돌들도 세상엔 하얀 인간이 하나도 없을 거라고 생각했을지 모르겠다. 겉으론 하얗고 속은 시커먼 나를 이미 알고 있었다는 듯 돌들이 비웃는 표정들이다. 나는 지금껏 왜 하얀 돌이 없을 거라고 속단해 왔을까. 내 속이 시커멓기 때문이었으리라. 사람을 볼 때에 속을 알기 전에는 겉만 보고 확신을 해서는 안 된다.

돌들이 내게 강한 묵언경고를 보내는 소리를 나는, 듣는다. 겉이 검게 보여도 돌처럼 내 속도 하얗다면 참 좋겠지만 어디 쉬운 일인가. 내 속은 많은 세월에 시달려서 겉보다 더 시커멓게 그을린 걸 무슨 수로 닦아내랴. 겉으로 하얀 체하면서 속은 시커먼 나보다, 겉은 검지만 속이 하얀 돌이 훨씬 더 나을 거란 생각이 자꾸 든다.

"백로야 검은 까마귀 노는데 절대로 가지 마라. 아니지 겉이 검으니까 어찌 속조차 검을 소냐." 당당하게 표현했던 옛 선조의 시 한 구절이 오늘따라 내 마음을 태풍처럼 자꾸 흔들어 대는구나.

8

술

시간이 있으면 술 한 잔 하자고 전화를 하는 친구가 있는 가 하면 오랜만에 전화를 해도 한 잔 하자는 말을 하지 않는 친구도 있다.

술을 마시지 않는 사람은 만남의 조건을 술로 거론하지는 않는다. 한잔 하자고 전화를 하지만 꼭 술을 마시자는 의미가 아닌 경우가 많다. 술 한 잔 속에는 다양한 의미가 섞여 있다는 생각이 든다. 탁자를 앞에 두고 술잔이 오고가는 건 술만 마시는 게 아니다. 술잔 속엔 서로의 마음이 담겨있다. 상대의 마음을 마시는 일이다. 잔을 권해가며 마시다 보면 서로의 속마음으로 빠져 들어감을 느낄 때가 많다. 술이란 사람의 마음을 무장 해제를 하는 역할도 한다. 꼭 해야 할 말이 있어서 만난다기보다 그냥 만나서 마음 잔을 나누다보면 할 말들이 저절로 우러나오기 마련이다. 술을 술로만 마시는 자리도 있다. 술잔에 마음을 담아 마시고 난 자리는 뒤끝이 아주 개운하다. 마음을 마시지 못하고 술만 마시는 자리의 뒤끝은 뭔가 허전함을 남긴다. 보낸 시간이 아깝다거나 기분이 꿀꿀해지기도 한다. 술은 사람의 마음이다.

술은 인생이다. 인생을 잘 산 사람이나 술을 바르게 잘 마신 사람은 후회하지 않을 것이다. 술을 잘못 마셔 큰 후회를 남겨 인생을 망가트리는 경우도 종종 보아왔다. 어떤 정치가는 주석에서의 추한 말과 행동을, 술 때문이라고 항변하기도 한다.

어디 정치가만 그러겠는가만. 사람이 실수하고서 술이 했다고 우겨대는 건 참으로 어처구니없는 일이 아닌가. 술을 바르게 마시는 건 인생을 바르게 사는 것과 닮은꼴일지 모르겠다. 술자리에 앉으면 마음이 저절로 여미어지는 건 술이 만만해 보이지 않아 조심스럽기 때문이다. 나는 가능한 한 술을 취하지 않고 재미있게 마시려고 애를 쓰는 편이다. 술은 살아 있는 생물 같다는 생각이 든다.

뱃속에 들어가서 나를 조정하려고 덤비기 때문에 생물이라고 생각한다. 아주 오래 전에 술로 친구를 시험해본 적도 있었다.

내가 술이 취해보거나 상대를 취하게 만들어 시험하는 데는 안성맞춤이다. 술만큼 사람을 실험해보기에 좋은 음식도 없으리라. 술로 사람을 실험해본다고 해서 나쁜 선입관부터 갖는 건 술 취한 사람이나 할 일이다. 마음속에 들어가서 그 사람이 어떻게 생겼는지 살펴보는 게 술로 실험하는 일이다. 오랫동안 관계를 엮어 가고 싶은 생각이 없다면 상대를 술로 실험해 볼 필요가 있겠는가. 때론 술이 나를 실험하려고 덤빌 때가 있으니 술 앞에 앉으면 정신을 바짝 차린다. 술에게 실험당하지 않으려고 정신 가다듬고 조심하는 건, 인생길 조심스럽게 뚜벅뚜벅 걷는 것과 마찬가지가 아닌가 싶다. 인생은 살아있어 두려운 존재다. 술도 살아있어 까다로운 존재다. 나는 술 앞에서 늘 소심한 편이라서 겁 없이 대하는 사람이 부러울 때도 더러 있다. 인생도 소심한 편인데 더 말해서 뭣하랴.

9

심부름 온 세상

"잊어 묵지 말고 단단히 혀!"

"할머니, 알았다니깐. 내가 바본감!"

할머니는 대문을 나서는 손자의 등 뒤에 대고 재차 당부한다. "덜렁거리다가 까묵으면 안 돼!"

심부름을 잊을까 봐 안타까워하는 할머니를 보니 내 마음 귓문이 활짝 열린다. 나는 무슨 심부름으로 이 세상에 온 걸까! 심부름을 잊어버리고 여기저기 기웃거리다가 떠날 때 임박해서야 우왕좌왕 저승 배를 타는 게 아닌가 싶어 잠자던 내 마음이 번쩍 깨어나는 느낌이다. 할머니의 심부름을 당부하는 야무진 목소리의 잔상이 자꾸 뒤를 돌아보게 한다. 나는 무슨 심부름으로 와서, 지금 어디쯤 왔을까 골똘히 생각해도 짚이질 않는다.

　내게도 심부름을 당부하는 할머니가 계셨더라면 지금보다 나은 인생을 살았을 게다. 깨우침? 이리저리 산만하게 걷다가 문득 외길을 만나는 순간이 깨우침일까. 삶과 죽음이 한자리에 마주칠 때가 외길이며 인생 종점이다. 이제껏 수많은 사물들과 뒤엉켜 청맹과니로 살아온 게 바로 나 자신이 아닌가. 나와 사물의 경계를 완전히 부수고 하나가 되는 순간이 깨달음일까. 문제와 답이 완전한 하나가 되는 순간이 외길이고 깨달음이라고 생각된다.

　사물과 하나가 된다는 건 사물에 지배당하지는 않는 일이라 말하고 싶다. 둘이 되는 것이 이별이라면, 하나가 되는 건 사랑이다. 하나로 되는 것이 성공이라면, 둘 이상이 되는 건 실패라 할 수 있겠다. 기분 좋다는 건 마음이 하나로 되는 것, 기분 나쁘다는 건 여러 갈래로 흐트러지는 마음이리라. 건물을 짓는 건 여러 개가 하나로 돌아가는 일이다. 만든다는 건 하나가 되게 하지만, 부수는 건 여러 개로 만드는 일이다. 언젠가 되돌아가야 할 인생길, 나는 심부름을 깨닫게 하는 꼭 하나의 길을 만나서 가고 싶다.

　여러 개로 분열되지 않고 하나로 모아지면 이 세상에 심부름 온 목적을 알겠지. 산다는 게 여러 길이라면, 죽는 건 외길을 만나는 순간이리라. 사물 속에서 사물에게 얽매여 있는 나는, 하루 빨리 사물과 하나가 되고 싶다. 갈래 길에서 허덕이다가 외길로 귀속되는 순간에, 허무하지 않았으면 좋겠다. 셀 수 없이 갈래갈래 찢어대는 일만 하다가, 하나로 귀속되는 그날 생의 마지막을 느낄까.

이제껏 여러 개를 탐착(貪着)하다가, 심부름 하나를 까맣게 잊고 어리석게 헤매며 걸어왔던 내가 아니던가. 잡다한 세상사 다 버리고 심부름 온 목적 하나만 찾기에 전심전력 다하리라. 문밖에서 심부름을 당부하는 할머니의 목소리가 점점 더 크게 내 마음에 울림으로 다가오는 아침이다. 새벽 산책길을 멈추고 되돌아보며, 오랫동안 인생길 되새김질을 해본다. 이 세상에 와서 꼭 해야 할 그 심부름을 명확히 깨닫고 싶어서다. 아침 내내 할머니의 심부름 당부하는 소리가 귓전에서 맴돈다.

살아 있는 사랑

그대 떠나버린다면 세상 살맛 안 날 겁니다. 떠나버린 그대 생각하며 말라 죽어갈 겁니다. 그대 외엔 어느 누구도 쳐다보질 않을 테니 말입니다. 지금 이 사랑 생명 다하도록 꼭 이어가렵니다. 가슴속엔 유일무이하게 그대 이름 석 자뿐입니다. 그대를 사랑하기 위해 태어났습니다. 가짜가 섞이지 않은 순진무구한 그대입니다.

그대 없는 세상은 진공관에 갇힌 신세입니다. 지금 내 눈은 그대밖에 아무것도 보이지 않는 색맹입니다. 콩깍지 씌었다고 비난하는 소리도 내겐 듣기 좋은 노래입니다.

귀는 그대의 말소리만 들립니다. 그대 없이는 절대로 이 세상 살아가지를 못할 겁니다. 세상 살아갈 의미 없어 정말로 자살해 버릴 겁니다. 그대 떠나면 물 한 모금 마시지도 못할 겁니다. 너무너무 좋아하는 술도 마시지 못할 겁니다. 즐겨 피우는 담배는 더더욱 멀리할 겁니다.

그대 떠난다면 몇 날 며칠 뜬눈으로 밤 지새워 눈이 멀어 버릴 겁니다. 떠난 그대 생각다가 몸뚱이는 말라비틀어져 비닐조각처럼 흩날릴 겁니다. 그대는 내 목숨보다 더 소중합니다. 사랑을 하고 있는 사람들에게선 참으로 듣기 좋은 말들입니다. 수백 수천 번을 되풀이한대도 사랑 앞에선 물리질 않을 말들입니다. 진행형 사랑 앞에선 이런 말 모두가 갓 건져 올린 생선입니다. 사랑이 진행되고 있는 현재엔 누구도 싫어하질 않을 말들입니다.

완료형 사랑이 돼도 유효한 언어인지는 사랑하고 있을 때는 절대로 모릅니다. 사랑하는 이에게 하는 말, 약효는 얼마나 길까요. 연인들 주고받는 말, 유효기간 한번쯤 생각해 볼 일입니다. 사랑하는 이 떠난 등 뒤에서 '망각의 약'부터 찾아 헤매지나 않을지. 앞에선 참말만 하다가 뒤에선 거짓말 숨쉬듯 하는 게 사랑이라고도 한대요. 사랑의 말 전부 거짓이라 해도 틀린 말 아니랍니다.

진행형 사랑, 새카맣게 때 묻어도 하얗게만 보이니 어쩌겠습니까. 진행형 사랑 새하얗게 포장됐을지라도 그 맛은 달콤합니다. 진행형일 때의 사랑 말은 소화도 썩 잘 된답니다. 윤이 번지르르한 사랑의 언어는 죄다 현재형일 때만 사용하는 겁니다. 사랑 언어는 절약하는 게 더 좋답니다. 과거형 사랑이 됐을 때만이 거짓 사랑 언어를 골라낼 수 있을 겁니다. 사랑하는 이 못 만나서 괴롭고 미워하는 이 만나서 괴롭다 했다지요. 미움과 사랑은 한 나무에 매달려 있는 이파리들이랍니다. 새끼손가락이 사인하고 뇌가 입력한 사랑이라지만 서로 탓할 겁니다. 찻잔에 담긴 차 맛보다 사랑 말이 더 감칠맛 납니다. 옆 탁자에서 소곤대는 연인들 사랑을 시샘해 넋두리를 내놓고 말았습니다. 나도 이젠 나이가 꽤나 무거워진 모양입니다. 사랑 앞에 넋두리라니…….

어머니 제삿날 무덤 앞에서

어머니 무덤에 절을 두 번이나 해도 대답이 없습니다. 어머니는 흙 이불 덮고 깊이깊이 주무십니다. 나비 한 마리 날아와 어머님 배 위에 살포시 앉아 한참 만에 훨훨 날아갑니다. 패랭이도 무성하게 살아 있습니다. 쑥부쟁이도 꽃을 피워 향기를 풍깁니다. 잔디도 꽃이 만발하여 생생히 살아 있다는 걸 보여 줍니다. 염소 한 마리 성큼성큼 다가와 어머니 배 위의 풀을 뜯어 질겅이며 살았음을 자랑합니다. 벌 한 마리가 윙윙거리며 어머니 주위를 맴돌며 살아 있음을 보여줍니다. 개미도 살아서 어머님 배 위에서 산책하고 있습니다. 무덤 동네는 모두모두 살아 있는데 어머님만 깊은 잠에 빠져 계십니다. 죽음과 삶이 한 장소인데 어머니와 난 반대편에 서 있습니다. 아니, 지금 내 안에는 어머님이 살아서 계십니다. 내 가슴 속에 살아 계신 어머니와 대화를 나누고 있는 중입니다.

이 막내아들 생의 끝날까지는 이 가슴 속에 살아 계실 겁니다. 세상살이 끝내고 저승 초입에 들어설 때 가슴속 어머니와 이별하렵니다. 어머니는 제가 세상길 더듬거릴 때마다 늘 말씀하시지 않았습니까. "악한 끝은 없어도 선한 끝은 꼭 있는 벱이다!" 살아 계실 때도 어머니는 늘 이 막내아들 가슴에서 함께 객지로 떠돌지 않으셨습니까. 객지 생활 서러워 울먹일 때마다 어머니께선 따뜻한 손으로 눈물 닦으며 똑바로 걸어라 하셨습니다.

어머니! 제가 오늘은 어머니 누워 계신 곳 찾아 먼 길 외돌아 왔습니다. 어머니! 큰 소리로 불러봅니다. 어머니의 대답이 가슴속 깊은 곳에서 아련히 들려옵니다. 저승으로 가신 뒤로부터는 어머니와 저는 더 가까워졌습니다. 살아 계실 때보다 어머니는 더 많은 이야기를 내게 들려줍니다. 영원한 나의 어머니입니다. 제 자식들은 아직 가슴속에 제 어미와 같이 있을 때가 적을 듯싶어 아쉽습니다.

제 어미가 이 세상 떠나면 자식들은 가슴속에 제 어미가 머물며 자주 대화할 겁니다. 자식들만은 제 어미가 살았을

때 가슴속에 담고 살아갔으면 좋겠다고 생각합니다. 제 어미
가 살아 있을 때 더 많은 대화를 나눴으면 좋으런만 좀 아쉽
습니다.

자식들은 아직 가슴에 숨 쉬는 어머니 소리를 듣지 못해
안타깝습니다. 저도 어머니가 먼 데로 가셔버리고서야 절실
하게 깨달았으니까요. 어머니! 편안히 누워 계십시오. 여기
누워 계시는 어머니보다 제 가슴속 어머니가 더 소중해서
지금 무덤을 떠납니다.

어머니는 어느 때든, 어느 곳이든, 저와 함께할 겁니다.

다음 제삿날 또 제 가슴 속에 계시는 어머니와 함께 내려
오겠습니다. 살아 계실 땐 따로 살았지만 먼 데 가신 후론
함께 산다는 걸 명심하고 삽니다. 편안한 마음으로 무덤을
떠날 수 있게 웃어 주십시오. 어머니 영면하소서!

12

흉보기

남의 흉만 보는 말로 화제를 삼는 이도 있습디다. 친한 친구가 잘되는 것을 질투하는 걸 즐기는 사람도 있습디다.

나보다 남이 못되기를 노골적으로 바라는 이를 간혹 봅니다.

친구 셋이 몰려다니면서 밥도 잘 사주고 술도 잘 사주면서도 두 사람 다 자기보다도 못되기를 노골적으로 바라는 사람을 보았습니다. 친한 친구가 잘되는 것이 은근히 질투가 나려고 하지만 꾹꾹 눌러서 그런 마음이 절대로 일어나지 못하게 철저히 단속하는 사람이 되고 싶습니다. 남을 흉보는 것으로 화제를 삼고 싶은 마음이 때로는 순간적으로 일어나지만 그것을 꾹꾹 누르면서 참아야겠다고 다짐하는 이도 많이 보았습니다.

남의 흉보기에 흥미를 느끼는 사람이 있습니다. 남의 흉을 보고 싶은 마음이 생겨도 꾹꾹 참는 습관을 들이려고 애쓰는 사람도 있습니다. 두 유형의 사람을 어느 집단에서나 만나볼 수 있습니다. 당신은 어느 쪽인지요?

나는 어느 쪽일까. 어느 쪽에 줄을 서야할지를 망설여서는 절대로 안 되는 일이라고들 말합디다. 둘 중 서슴없이 선택할 수 있는 인격을 지닌 이가 더 좋다는 이도 많습니다. 어떤 이가, 자기 친구는 처음 만났을 때나 지금이나 한결같다고 자랑합니다. 사람이 한결같다는 건 참 좋은 사람이라고 사람들은 말합디다. 남 흉보기와 자기보다 못돼야 속이 시원한 마음을 지닌 이도 가까이에 있습니다. 흉보기 좋아하는 사람은 만나지 말라고 다짐하는 것도 좋을 거라 생각됩니다. 친구의 충고를 받아들이지 못하는 이도 있습니다. 흉 잘 보는 친구를 끊지 못하는 그이도 우유부단한 사람이라고 생각됩니다. 언젠가는 자신도 모르게 그런 유형의 사람으로 물들어갈지 모르겠습니다. 말하는 걸로 봐서는 그렇지 않아 보이지만 그런 친구를 좋다고 계속 어울려 다닙니다.

같은 사고를 지닌 것인지 의심이 됩니다. 니코틴 중독이

나 알코올 중독처럼 단단히 친구에게 중독되었나 싶은 생각
이 듭다. 아무리 생각해 봐도 그 친구를 좋아서 만나는 그
사람을 이해할 수가 없습다. 몇 번이고 충고하다가 이젠
자신의 선택에 맡기고 끊으란 말을 나도 끊었습니다. 사람
을 제대로 보려면 그 사람의 친구를 보라는 말을 하는 사람
도 많습다. 나쁜 친구로 인해 아들이 수렁에 빠졌다고 펄
쩍 뛰는 아이 엄마도 봤습니다. 나쁜 친구라고 지목받은 아
이 엄마도 나쁜 친구 때문에 자기 아들이 구렁텅이에 빠졌노
라고 말합다. 어떤 쪽 아이가 더 나쁜지는 명확히 알 수가
없습다.

두 엄마가 상대만 나쁘다고 하니 아들이나 자기가 나쁜 줄
은 모릅니다. 당신은 어떤 편에 속하는지를 곰곰 생각해 봐
야 되지 않겠습니까. 나는 또 어떤 유형인가를 냉철하게 생
각하고 또 생각하는 중입니다. 우리 앞에는 많은 것들이 있
습니다. 어떤 것을 선택을 해야 할지를 곰삭혀 생각해보랍
디다.

인간의 시력

커다란 나무로 오르내리는 개미들을 유심히 바라보니 반
가움이 앞선다. 식탁 위에 기어 다니는 개미가 음식에 병균
묻힐까 봐 딱 질색이었는데 참 낯간지럽게도 간사함이 앞선다.
커다란 나무로 오르내리는 개미들은 지금 무슨 생각을 하
고 있을까. 지금 개미가 오르내리는 나무는 내가 일주일에
두 번씩 오르는 관악산 연주대보다 더 높지 않을까 싶다. 개
미에겐 커다란 나무줄기나 가지가 내가 땅을 보고 걷는 것
과 같을까. 지금 훨훨 날아가는 나비는 개미와 땅을 자세히
보면서 날고 있을까. 개미도 이따금씩 하늘을 쳐다볼까. 나
비는 독수리가 날아다니는 드넓은 공간을 보면서 날아다닐까.
독수리는 나비가 다니는 공간을 자세히 볼 수 없을 거란 짐작

은 내 짧은 소견이겠지 싶다.

우주의 높고 낮은 곳엔 수많은 생명체들이 자기 공간을 차지하고 살아가고 있다.

높낮음 기준은 누가 정해놓은 걸까. 인간이 높낮이를 정했다면 과연 정론이 될 수 있을까. 수조 원 돈을 가진 이들의 눈은 하루 몇 만원 벌려고 안간힘 쓰는 사람의 실체가 정확하게 보일까. 높낮음 기준이 무엇인지를 기어가는 개미에게 물어보고 싶어 쭈그려 앉아 집중한다. 하늘 저 멀리서 보면 땅이 낮은 곳일까. 지구에서 쳐다보기 때문에 하늘이 높은 건지 하늘이 실제로 높은 걸까. 올려다보는 건 높아 보인다. 내려다보는 건 낮아 보인다.

별이나 달에서 지구를 보는 건 올려다보는 걸까 내려다보는 것일까. 어떤 이는 사람을 올려다보기를 잘 한다. 또 다른 이는 사람을 내려다보기를 좋아한다. "땅바닥은 내려다보며 걸어도 사람은 절대로 내려다보지 말거래이!" 개미 앞에 쭈그려 앉아 이 생각 저 생각에 집중하다가 갑자기 잊었던 어머니의 목소리가 가슴을 뒤흔든다.

똑같은 지구에서 살면서 올려다보는 사람과 내려다보는 사람이 존재하는데 그 기준은 무얼까. 측량을 할 때나, 지구의 위도를 표시할 때처럼 사람이 사는 세상에도 그 기준점이 있는 걸까. 인간 세상에 왜 높고 낮음의 관념이 형성되었을까. 대소와 고저가 원래 없는 건인데도 인간이 허상을 만들어서 보는 건 아닐지. 개미가 기어가는 걸 유심히 들여다보면서 내가 얼마나 보잘 것 없이 작은 존재인가를 생각해본다. 개미 눈엔 내가 코끼리만큼 보일 거란 짐작은 내 생각일 뿐, 아주 작게 보일지도 모르겠다.

개미는 태양과 달과 별을 볼 수 있을까, 눈이 있으니 분명 보겠지. 본래 대소고저의 실체가 존재하지 않는데 인간의 착시에서 만들어낸 게 아닐지. 태양이 동쪽에서 떠서 서쪽으로 진다고 인간들은 우겨댄다. 언제 한 번이나 동쪽에서 서쪽으로 간 적이 있었던가. 지구가 돈다는 실체보다, 나타나는 현상만 보고서 확신하는 인간의 시력이 정상은 아닐 테지. 개미는 인간처럼 허상을 실체라고 우겨대진 않을 거란 생각이 든다. 대소고저 따져 뭐하랴. 나도 흰소리 질러대는 인간에 속하지 않고 개미에 속했더라면 차라리 좋았을 걸 싶은 생각이 간절하다.

용바위의 오만

"인마, 난 땅바닥이 꽁꽁 얼어도 등산객 넘어지지 않게 길바닥에 엎드려 있단 말이야!"

"어쭈, 바보멍텅구리 녀석이 세상천지 좋은 일 혼자 다 하는 줄 아네!"

"머야, 넌 매일 놀고만 있잖아!"

"나 때문에 길바닥에 안전하게 붙어있는 줄이나 알아라!"

"짜식, 왜 너 때문이야?"

"우리가 숲에서 흙을 붙들고 있잖으면 넌 어디론가 떠내려 가버렸을 거다!"

등산로 옆 풀숲에 있는 돌멩이와 길바닥에 박힌 돌멩이가 말다툼을 하고 있다.

"곰바위 어르신, 쟤 좀 코가 납작해지게 한 말씀 해주세요!"

"널바위 어르신, 풀숲에서 촐싹대는 저 녀석 혼 좀 내주세
요!"

곰바위와 너럭바위는 마주보며 웃고만 있다.

"곰바위 어르신 곁에 못 보던 분이 있네요. 어디서 오셨는
지요?"

"진즉 인사 못 드려 죄송합니다. 간밤에 벼락을 맞아 용바
위골서 굴러온 돌입니다."

"난 이 길바닥을 수백 년 지켜온 너럭바위외다."

"너럭바위님과 곰바위님은 어떻게 그렇게 화기애애하신지
이곳은 딴 세상 같네요. 용바위골엔 당장이라도 무슨 일이
일어날 것처럼 들끓고 있습죠. 용바위가 안하무인이라서요."

"우리도 용바위 독선을 들어서 조금은 압니다만."

"지난번 강풍과 천둥이 휘몰아칠 때 있었죠."

"우리도 대강 들었는데, 그때 용바위가 벼락을 맞아 귀퉁
이가 떨어져나갔다면서요."

"그렇습죠. 자잘한 바위들이 처음엔 촛불처럼 잔잔한 불빛
이 시작되다가 강풍과 천둥으로 변해 여러 날을 용바위에게
대들었죠. 결국 용바위 어깨에 벼락을 맞고서야 반성하고 사

과를 해서 잠잠해지더니, 촛불번개가 꺼지고 날씨가 화창해
지니 용바위는 언제 그랬느냐는 듯 옛날보다 더 오만불손해
졌습죠. 평화로운 여기를 진즉 못 온 게 후회됩니다.”

“우린 용바위가 그 정도로 오만불손한 줄은 정말 몰랐습니
다그려.”

“그뿐인 줄 아세요? 요즘은 누가 바른 말 한 마디만 해도
커다란 망치로 깨부숴버리죠. 쓸 만한 바위들은 하나 둘 자
취를 감추고 아부 잘하는 돌만 깊이 뿌리박고 눈알을 부라
리고 있죠. 평화로운 이곳에서 오래 같이 지낼 수 있게 두
어르신께서 잘 보살펴주십시오.”

너럭바위와 곰바위는 미소 지으며 고갤 끄덕인다.

“니들도 싸우지 말고 용바위 동네서 온 돌멩이와 잘 지내
거라. 이젠 한 식구다.”

“네에, 알겠습니다.”

풀숲 돌멩이와 길바닥 돌멩이가 동시에 쌍 나발로 대답한다.

“싸울 생각이 없었는데 길바닥 돌멩이가 자꾸 지가 잘났다
고 약을 올리잖아요!”

“이 녀석, 지금 용바위서 온 돌멩이한테 애길 듣고서도 그
래! 서푼어치도 안 되는 알량한 재주를 내세우는 건 용바위

꼴 나고 만다. 앞으론 조심 하려무나 알겠냐!"

"네에, 알겠습니다. 곰바위 어르신!"

"이 녀석들이 아직 견문이 짧아 그러니 이해해야지 어쩌겠습니까."

너럭바위어른이 점잖게 한 마디하곤 온화한 미소를 짓는다.

출싹거리던 돌멩이도 곰바위와 너럭바위, 용바위골서 온 돌멩이 모두가 서로를 바라보며 함박웃음을 터트리는 모습이 그지없이 평화롭다.

15

너럭바위처럼

길가에 정차한 승용차 한 대가 갑자기 내 시선을 끌어당긴다. 시도 때도 없이 침입해드는 상상의 날개가 가던 길을 멈추게 한다. 내가 지금 무얼 보고 승용차라고 단정하는 건가, 생각이 꼬리에 꼬리를 물고 뒤따른다. 바퀴에는 철과 고무, 백미러엔 유리와 강철, 범퍼엔 보트, 트렁크엔 숫자판, 문엔 유리, 앞문, 뒷문, 핸들, 헤드라이트, 앞좌석 뒷좌석, 식물성과 광물성 등 수없이 많은 물질들이 각각 이름을 지니고 있는데 나는 무엇을 승용차라고 인식했을까.

자동차라고 이름 붙이기까지는 일반적으로 2-3만개의 부속품이 들어간다고 한다. 수많은 부속품이 섞여 하나가 되었는데 진정 어느 것을 자동차라 할까. 자동차에는 태양도 용광로의 불과 물도 공기도 함께 섞인 존재인데 무엇이 자동차인가.

느티나무 가로수는 이파리, 껍질, 잔가지, 줄기, 뿌리, 잎자루, 꽃, 죽은 가지, 옹이, 미생물시체, 세균, 빛, 물, 공기, 구름과 달, 태양과 별들로 이루어진 한 덩어리가 아닌가. 존재하는 사물 중에 단일 소재로 형성된 건 하나도 없을 것이다. 수십 가지 이름을 지닌 부속품으로 한 덩어리로 만들어진 나도 마찬가지다. 아는 이가 나를 떠올릴 때 먼저 내 얼굴일까, 귀일까, 작달막한 키를 나라고 기억할까, 오뚝한 코를 나라고 기억할까, 아마 갈라진 엄지발톱을 보고 기억하는 이는 없을 게다. 내 부속품을 일일이 기억하며 나를 알아보는 이는 세상에 존재하지 않을 것이다. 남이 인식하는 나와 실체의 나와는 너무 많은 차이가 난다. 느티나무를 모르는 이는 그냥 나무라고만 하듯 그냥 사람이라고 하는 이가 많을 것이다. 자동차 부속품을 따져보듯 나를 하나하나 따져본다. 무엇이 나인지 주인인 나도 헷갈린다. 지금까지 내가 누군지도 모르고 주인행세하며 살아왔으니 참 황당한 일이로구나. 다양한 부속품만큼이나 내 안엔 또 다른 내가 많이 존재하고 있다는 생각이 든다.

근육과 뼈, 살, 털, 손발톱 등등 육안으로 볼 수 있는 부속품 외에도 정신, 마음, 생각, 의식, 무의식, 잠재의식, 혼 등등 보이지 않는 많은 것들이 나라는 존재를 형성하고 있다.

몸뚱이는 쉽게 분별할 수 있지만 안에 있는 것들은 내 자신도 쉽게 알아내기 어렵다. 세상에서 가장 가까운 자신이라 만만하게 대해왔지만 절대로 그럴 일이 아니다. 내겐 70조 개가 넘는 세포가 있다는데, 각각 무슨 일을 하는지는 더더욱 알 수 없다.

이 생명 다할 때까지 추적해 본대도 어떤 것이 나이고, 내가 누군지 알 수 없을 것만 같다. 세상엔 내가 아는 것보다 모르는 게 어마어마하게 많다는 걸 나는 짐작만 할 뿐이다. 많이 안다는 건 많이 모른다는 의미라지만 나는 아는 것도 모르는 것도 형편없이 적다. 알려고도 말고 바위처럼 제 자리에 그냥 있으라고 내게 타일러 본다. 돌이나 바위는 자연을, 우주를 알고 적응한다. 나를 아는 방법도 그런 게 아닐지. 알고자 안달 말고 등산로에 너럭바위처럼 널찍한 가슴으로 모든 걸 품으며 살 수만 있다면 좋겠다.

16

인간 아닌 인간

가게 앞에 포대가 가득 쌓여 있습니다. 길가는 이에게 물어보니 쌀 포대라고 아주 쉽게 대답합니다. 그 곁에 있는 포대는 밀가루자루라고도 말해 줍니다. 또 다른 포대는 소금자루라고 대연하게 단정 지어 말해 버립니다. 사람들은 속에 든 것을 확인도 해보지 않고도 쉽게 자신 있게 해답을 줍니다. 맞은편 저 멀리에서 어떤 물체가 흔들거리고 있습니다. 좀 더 가까워지니 사람으로 보입니다. 남자인지 여자인지 언뜻 구별할 수는 없습니다. 가까워지니 여자라고 자신 있게 결론짓는 건 나의 관념의 개입에 불과합니다. 겉만 보고 내용물을 자신 있게 말해버리는 건 일종의 관념의 관성이 아닐까 싶습니다. 자루의 겉만 보고 소금인지 쌀인지를 속단하는 이가 세상엔 참 많은 것 같습니다. 겉모습만 보고 여자로 쉽게 단정만 할 일은 아닐 듯싶습니다.

여자처럼 생긴 남자도, 남자처럼 생긴 여자가 세상엔 많지 않을까 싶습니다. 남자처럼 생긴 여자가 남자로 포장하면 남자라고 속단하는 함정에 빠지기 쉬운 게 세상사입니다. 겉포장만 힐끗 보고 내용물을 속단하는 재주를 지닌 이도 함정에 빠지는 일 허다하겠죠.

진짜 같은 외모를 지닌 가짜 알맹이도 많이 보면서 살아왔습니다. 가짜 같은 외모에 진짜 알맹이도 많이 보았습니다. 진짜는 가짜 흉내를 내지 않지만 가짜는 진짜 흉내를 영락없이 잘 낸다고들 합니다. 국회의원, 판검사의 껍데기를 쓴 가짜 알맹이를 지닌 이도 더러 있는지 모릅니다. 진짜 남편의 껍데기를 쓰고 사는 가짜 남편 알맹이도 더러 있을 듯싶습니다. 가짜 사람 알맹이가 진짜 사람 알맹이에 섞여 사는지라 감별하기 어려운 세상입니다.

사람 가운데는 가짜 사람 알맹이를 지닌 이도 많다고 하는 말을 들어 왔습니다. 부모를 죽이고 보험금 타낸 사람은 가짜 사람 알맹인지 진짜 사람 알맹일까요. 진짜 껍데기를 쓴 가짜 인간이 많은 세상일지라도 '개 같은 인간' 이란 말은 하지 않아야겠습니다.

누명을 쓴 개가 길길이 날뛰며 인간들을 물어뜯을지도 모르겠습니다.

개가 개를 물어 죽인 것과 사람이 사람을 죽인 걸 통계를 내보면 어느 쪽이 우세할까요. 동족을 잘 죽이는 인간은 무슨 종으로 분류해야 좋을는지요. 지금 내 앞에 참새와 비둘기들이 내려앉습니다. 절대로 동족은 쪼아죽이질 않는다고 쩍쩍 쩍쩍 구구구구 합니다. 까치도 죽이지는 않는다고 까잭까잭 깍깍 전깃줄에서 경고합니다. 동족을 감쪽같이 죽이고서도 눈썹 하나 까딱 않는 동물은 인간 아닌 일간일까요, 인간인 인간일까요. 동족을 잘 죽이는 인간은 절대로 동물과에 편입시키지 말아야 한다고 새들이 지저귀는 것 같습니다. 짐승 축에도 끼지 못하는 존재는 어디로 편입해야 할지 참으로 궁금합니다요.

나는 인간 아닌 인간일까, 인간인 인간일까? 선뜻 대답하지 못하는 이유를 곰삭혀 생각해봐야겠습니다.

17

살아서 살기

이따금씩 내가 살아있는가를 찬찬히 살펴볼 때가 있습니다.

'살아있다'는 정의는 '죽지 않음'만은 아닐 거라 생각됩니다.

'살아있음'의 자체를 느끼지 못하면 '죽어있음'일지 모르겠습니다. 생을 느끼는 것과 느끼지 못하는 것은 밤과 낮만큼의 차이가 납니다. 무엇을 했는지, 뭘 해야 할지를 모르고 살고 있다면 냇물에 떠내려가는 가랑잎과 같다고 할 수 있겠습니다. 잠잘 때는 남이 보면 분명 살아있지만 본인은 느끼지도, 무엇을 하는지도 모르며, 몸뚱이와 정신과 생각, 마음이 어떤 상태로 있는지도 모릅니다. 죽어서 살아있는 상태라고 하겠습니다.

잠에 빠지면 잠재의식이나 무의식의 일부가 꿈을 만들고

있을지라도 진정 현실 상태를 제대로 보거나 깨닫지도 못합니다. 잠을 자지 않으면서도 무의식적으로 움직일 때도 많습니다. 무엇인가 하면서도 그것을 하는 줄도 모르고, 양심적으로는 절대로 해서는 안 되는 일을 거리낌 없이 행할 때도 있습니다. 자의식을 느끼지 못하면서 나쁜 행위를 할 때는 자면서 행하는 꿈과 뭐가 다를까. 눈뜨고 잠자는 것과 같을 때가 많습니다. 졸면서 살아간다고 할 수 있겠습니다. 사무실을 나와 몇 걸음 가다가 문을 잠갔는지 다시 확인할 때도 있습니다. 냉장고에 무언가를 가지러 가다가 깜빡 잊고 멍하게 서 있는 주부도 있다고 합니다.

마음과 정신, 생각을 깨워서 살아간다면 순간적으로 잊는 일은 없을 겁니다. 24시간 중 잠에 빠져서 지내는 시간이 얼마나 될지 셈해 봅니다. 너무 많이 졸면서 산다는 생각이 듭니다. 하루를 반은 죽고 반은 살아서 사는 거란 생각이 듭니다. 죽어서 사는 시간이 훨씬 더 많을 거란 생각이 듭니다. 이런 일이 나이 많은 이들의 이야기만은 아닙니다. 공부할 학생이 잠시 생각과 마음을 놓치고 멍하게 앉아 있거나 오락 게임에 빠지는 경우도 마찬가집니다. 꼬마가 심부름 가다가 자신도 모르게 다른 곳으로 빠져버리거나, 엉뚱한 놀이에 빠지는 경우도 의식이 잠을 자버리는 경우입니다. 마음 챙김을 습관들이려고 애를 씁니다. 정신 챙김도 해보려고 안간힘 씁니다. 잡생각이 일었다간 금방 도망가기도 합니다. 생각을 주시하면 잠시 다소곳하다가도 금방 변통을 부리기도 합니다. 후하게 계산해 봐도 내가 살아온 날보다 살아야 할 날들이 적을 것 같습니다.

반쯤은 죽어서 살아왔다고 치부하고, 살아갈 날들은 완전히 살아서 살아간다면 살아갈 날이 살아온 날보다 더 많을 거라고 알찬 계산을 해 봅니다. 살아서 사는 것만이 완벽하게 사는 것이라고 말할 수 있겠습니다.

오늘도 내일도 모레도 살아서 살아야겠습니다. 지금 이 순간부터 말입니다. 내가 뭘 하고 있는지, 왜 지금 이 일을 해야 하는지, 왜 이렇게 생각하고 이렇게 해야 하는가를 면밀히 분석해보면서 살아야겠습니다. 살아서 살고 있는지, 죽어서 살고 있는 건지, 죽지도 살지도 않고 살아가고 있는지 따져보며 살아야겠습니다.

자동기계처럼 저절로 살아지는 것보다 수동으로 살아가게 만들며 사는 것이 더 좋습니다. 이렇게 사는 것이 내가 사는 것이라는 확신을 가져야겠습니다.

살아온 날보다 더 많은 날을 살려면 자동으로 살아져가는 것보다 수동으로 살아야겠습니다. 살아서 사는 것과 죽어서 사는 것의 차이입니다.

18

조문 행렬

아주 긴 꼬리를 달고 걷고 있는 사람들을 보니 어디가 끝인지 잘 모르겠습니다. 자세히 보니 위대하고 유명한 분이 가시는 길인가 봅니다. 조문 행렬의 길도 사람이 걸어가야 하는 길이 아닌가 싶습니다. 집을 나와서 목적지로 가야 하는 길은 여러 갈래로 되어 있습니다. 좁은 골목길로 갈 수도 있습니다. 넓은 한길로도 걸어갈 수가 있습니다. 사람이 다니는 길은 갈래가 수없이 많습니다.

인생이 가는 길은 거친 길과 편편한 길, 꼭 걸어서는 안 될 길도 있습니다. 땅속엔 지하도, 하늘엔 항로, 바다엔 해로, 산과 들판엔 산길과 들길이 있습니다. 길이 너무 많아 똑바로 걷기가 너무 힘듭니다. 길이 있어 사람이 다닌다고 하고,

사람이 다녔기에 길이 생겼다고도 합니다. 저마다의 마음속
엔 많은 길을 만들어 놓고 있습니다.

　도둑님 맘속엔 도둑의 길, 성직자 맘속엔 성직자의 길, 상
인에겐 상도라는 길이 있습니다. 부모와 자식 사이에도, 스
승과 제자 사이에도 준엄하고 자애로운 길이 뚫려 있습니다.
친한 친구 사이엔 오솔길같이 아늑하고 편안한 길이 있습니다.
자기 혼자만 다닐 수 있는 맘속 깊숙이 은밀한 길도 있습니다.

　내 맘속엔 어떤 길이 있는지를 찬찬히 살펴봅니다. 친구나
친척에게로 가는 길도 있습니다. 이미 묵정밭이 돼버린 사람
사이의 길이 보여 쓸쓸함이 젖어옵니다. 길이 아니면 가지를
말라는 말이 있는 걸 보면 길로만 다녀야하는 것이 철칙인가
봅니다. 탄탄대로를 걷는 이가 있고, 아주 험난한 길에서 힘
들게 걷는 이도 있습니다. 잘못 접어든 길 중도에서 한탄하
는 이도 있습니다. 지금 나는 어떤 길인지조차도 모르면서
무조건 걸어만 왔나 봅니다. 어디로 가는지도, 어디쯤 왔는
지도 모른 채 바쁘게만 걸어왔습니다. 가고 있는 길의 방향
도 모른 채, 매일매일 열심히만 걷고 있는 자신이 참 한심하
단 생각이 듭니다. 군에 있는 아들이 아직 당도하지 않아서
임종 길을 떠나지 못하고 힘들어 하는 어머니의 모습을 목격

한 적이 있었습니다. 유명한 분 걸어가신 뒷길의 조문 행렬이 한없이 길고 긴 꼬리를 잇고 있습니다. 저 많은 이들은 자신이 가야 할 마지막 길은 알고나 남의 저승길을 따르는 건지 모르겠습니다.

남의 저승 뒷길 따라 조잘대며 따르는 발걸음이 너무너무 태연합니다. 인생길이 어떤 길인지는 몰라도 찬찬히 살피며 걸어야할 것이란 생각이 자꾸 듭니다. 나는 태어나서 한 순간도 쉬지 않고 걸어온 길, 때론 잘못 접어들어 헤맨 적도 많았습니다.

한 번밖에 못 지나갈 길을 나는 지금 이 순간도 건성으로 걷고 있나 봅니다. 긴긴 조문 행렬이 죽은 길인지, 살아있는 길인지 나로선 명확히 알 수 없습니다. 알 수 없는 길을 걷고 있지만 경건하게 걸어야겠다는 다짐이라도 해야 할 것 같습니다. 우리가 매일 걷고 있는 이 길이 바로 조문길이 아닐는지요.

19

고양이에 대한 상념

쓰레기통을 뒤지던 잿빛 고양이 한 마리가 어슬렁거리며 걷는다. 가까이 가니 힐끔힐끔 돌아다보며 꼬리를 내리고 날렵하게 뛴다. 자기 키 몇 십 배나 높은 담장을 훌쩍 뛰는가 싶더니 금시에 기와지붕 위에 냉큼 올라앉는다.

고양이가 내게 날렵함을 그만큼 자랑했으면 끝낼 일이지, 왜 길 가는 나를 자꾸 노려보고 있는지 기분이 좀 찜찜해진다. 사람이 독약이나 덫으로는 도둑고양이를 잡을 수 있을지언정 맨몸으론 어림없는 일이다. '저 녀석이 갑자기 공격해 오면 어쩌지?' 상상하는 순간 모골이 송연해진다. 개나 고양이가 빠른 재주와 송곳 이빨을 지니고 있으면서도 사람에게 덤비지 않는 건 왜일까. 만약 일거에 공격해 온다면 당해 내질 못할 건 자명한 사실이 아닌가.

'아, 소름 돋는 상상일랑 그만두자.' 힘세고 날렵한 재주로도 사람을 공격하지 않는 동물을 묶고, 가두고, 학대하는 일을 즐기는 게 인간이 아니던가. 개나 고양이를 묶어서 맘대로 조종하며, 좋아죽겠단 표정을 짓는 게 인간들이다. 옷을 입히고 사람 취향대로 이발도 해준다. 각종 액세서리를 매달아 주고는 개나 고양이가 즐거워할 거라고 지레짐작으로 좋아서 어쩔 줄 몰라 한다. 내가 좋으면 너도 좋겠지, 좋아하든 말든 내 좋으면 그만이지, 이런 심보일까. 애완동물이라 칭하면서 무한량 짝사랑하는 인간을 보면 좀 측은해 보이기도 한다.

일방적인 사람의 취향을 따라야 하는 개나 고양이는 얼마나 괴로울지를 미진한 내 두뇌론 도저히 짐작조차 할 수가 없다. 높은 지능을 이용해 동물에게 고통주면서 즐거워하는 인간은 누가 또 길들일까. 인간을 지배하는 신이 있다면 마음대로 길들여질까. 오래전부터 길을 들이는데도 인간이 순응치 않아 포기해 버렸는지도 모르겠다.

같은 종교를 신봉하면서도 저마다 신을 대하는 태도가 다른 걸 보면 신이 사람을 만든 게 아니라 사람이 신을 만들어 간다는 게 정답인 것 같기도 하다. 내가 섬기는 신은 옳고, 네가 믿는 신은 그르단 생각 때문에 종교 갈등이 끊이질 않는 걸 보면 그런 생각이 든다. 신이 인간 길들이기를 포기했다면 차라리 인간보다 질서를 잘 지키는 동물들에게 위임한다면 더 낫지 않을까. 어느 날 자고 나니, 갑자기 동물들이 인간보다 지능이 몇 배나 훌쩍 높아져 버렸다면 참 좋겠단 생각이 자꾸 드는 건 왜일까. 기와지붕에서 계속 나를 노려보고 있는 고양이를 한참동안 바라보며 이런저런 상상을 한다. 갑자기 무섬증이 왈칵 덮친다.

'네가 지금 상상하고 있는 일들이 현재 진행 중이야.' 이런 눈빛으로 고양이가 바라보고 있는 듯싶어서. 인간이 최소한 개나 고양이만큼만 삶의 질서를 지키며 산다면, 싶은 생각이 계속 맴돈다. 걸음을 멈추고 고양이를 바라보고 있는 시간이 꽤 흘러갔다. 멈춰 선 발걸음이 쉽게 떨어지질 않는 건 왜일까. 인간이 고양이보다 지능이 더 높은 게 어쩐지 미안하단 생각 때문인가 보다.

'야옹아, 미안해 정말……'

20

마지막 장소에서 찾아낼 것

열쇠고리에 달린 믿을 신(信)자 스테인리스가 반짝반짝 윤이 나는 건 수십 년 동안 내 손때가 묻어서다. 의지가 약해질 때마다 열쇠고리에 달린 신(信)자를 만져 보곤 했다. '믿음'이란 글자는 암시가 되어 어려움을 만날 때 기운이 솟곤 했다. 신표처럼 지녔던 걸 잊어버려 못내 아쉽다. 수십 년 세월 함께 살아온 식구를 떠나보낸 것처럼 어디선가 불쑥 나타날 것만 같은 생각에 엉뚱한 장소까지 뒤져본다.

무언가를 한 번도 찾아보지 않은 사람이 있을까. 산다는 게 찾는 일이 아닌가 싶다. 잃어버린 적도 없는 것을 찾느라 애써 온 나의 삶이었기에 그런 생각이 든다. 세상에 태어나면 엄마 찾기부터 시작해서, 사춘기에 이르러서는 잃은 적도 없는 짝을 찾기에 궁금해 하고, 마음에 맞는 친구를 찾아 헤맨다. 잃은 적 없는 돈을 찾기엔 얼마나 혈안이 되어 많은 세월을 소비해 왔던가.

언제 잃었는지 명예를 찾아내려고도 수단 방법 가리지 않는 사람도 있다. 복권 대박을 찾으려고 마음 졸이며 안달하기도 한다. 자기가 잃어버린 양 남의 것을 용케도 잘 찾아내는 재주꾼도 있다. 남의 안방 금고에서 귀금속품들을 잘도 찾아내는 도둑 기능보유자급은 자기 인생길은 얼마나 잘 찾아서 걸어갈까 자못 궁금하다. 남의 호주머니 속에 감춘 금전도 썩 잘 찾아내는 명인들이 자기 인생길은 제대로 잘 찾아서 걸어가고 있다고 자신만만하게 말할 수 있을지.

엄마 찾기로부터 시작한 일이 나이가 점점 늘어나면서 숙련공으로 발전해가는 게 우리네의 삶인가 싶다. 찾아야 할 대상도 나이와 정비례로 점점 늘어나는 게 또한 인생살이가 아닌가. 재물 찾기에 성공한 사람을 일러 부자라고 한다. 연인 사이엔 서로에게서 장점을 많이 찾아내는 기술이 발달되면 더 좋으리라.

며느리를 미워하는 시어머니는 꼭 미운 점만 잘 찾아내는 눈이 발달한다. 맘에 안 드는 상사를 모신 부하는 상사에게

서 꼭 얄미운 짓만 찾아내는 눈이 밝아진다. 마음눈이 예쁜 사람은 미운 것보다 예쁘고 곱고 착한 것부터 먼저 찾아내는 법이다. 자신의 오류나 왜곡으로 인해 실제의 밉고 고움을 제대로 찾아내지 못하는 경우도 더러 있다. 예쁘고 미움이란 본래부터 정해져 있는 게 아니라 보는 사람의 눈이 판단하는 게 아닌지 모르겠다. 삶이 찾는 일의 연속이라면 고운 걸 더 많이 찾아내는 기술을 익히는 게 좋겠다. 내가 이제까지 찾은 걸 수치로는 계산 할 수 없을 정도로 많을지라도 앞으로 찾을 것이 더 많지 않을까 싶다. 어차피 다 못 찾고 떠날 인생이라면 적게 찾을지라도 고운 것만 골라 찾아봐야겠다. 찾는 건 언제나 마지막 장소에서 발견된다는 게 정해진 법칙이다. 나도 거역할 수 없어 생의 마지막 장소로 가고 있는 중이다.

살아생전 한 번은 대박이라도 찾아낼 것 같은 기분이 드는 건 인생 마지막 장소가 아련히 보여서인지도 모르겠다.

생의 마지막 장소에서 만나게 될 대상이 무얼까 곰삭혀 생각해 보며 열심히 찾아 나서야겠다.

심안(心眼)과 뇌안(腦眼)으로 사물 보기

인터넷 바다에서 필요한 정보를 채취하고 있는 중 갑자기 정전이 된다. 세상이 새까맣다. 눈을 아무리 크게 떠도 아무 것도 보이지 않는다. 물체를 보는 게 눈이라고 믿어왔는데 아닌가 보다. 빛이 없으면 아무 것도 보지 못한다는 게 실감난다. 정전된 사무실에선 눈도 무용지물인 걸 어쩌랴.

탁자 위에 얹어 놓은 휴대전화기를 뇌안(腦眼)이 가르쳐 주는 위치로 따라서 손의 눈이 더듬더듬 휴대전화기를 찾아낸다. 밖으로 나오니 일시에 사물들이 환히 보인다. 어둠과 밝음이란 걸 한 번 더 생각해보게 해준 사건이다. 사무실에서 정전을 체험했던 뒤로는 집안에서 종종 눈을 감고 더듬더듬 물건 찾기를 시도해 본다.

눈꺼풀이 정전의 역할을 한다. 어느 곳에 무슨 물건이 놓여 있는지를 뇌안으로 차례차례 감지한다. 눈 감기 놀이를 자주 하다 보니 뇌의 눈이 점점 밝아진다는 느낌이 든다. 뇌의 눈이 발달되면 상상력도 더 풍부해질 것 같아서 자주 이런 놀이를 시도한다. 혼자 집에 있을 때 눈을 감고 물건을 가지러 가거나, 가져다 놓는 일을 자주한다.

밖으로 나가서도 눈을 감고 집안 구석구석을 뇌안으로 훑어본다. 집과 아주 멀리 떨어져 있는 곳에서도 집안 어디에 무엇이 있는지를 뇌안으로는 선명하게 보인다. 처음엔 재미삼아 시작했지만 이젠 버릇이 되어서 자주 뇌안으로 먼 데 있는 걸 본다. 눈을 감고 물건의 위치를 더듬어서 찾는 건 평소에 뇌 속에 입력되었던 것들을 끄집어내 주는데 뇌의 발달에도 도움이 많이 된다.

눈을 감고 찾는 일이나, 어디어디에 무엇이 있는지를 자주 상상해 보는 일을 뇌가 무척 즐거워 한다는 걸 알게 되었다. 육안(肉眼)을 너무 믿어서도 안 된다는 뇌안을 통해서 알게 되었다. 눈을 감고 물건 찾기를 자주 하다 보니 눈이 평소에 일백 프로 정확하지 못하다는 것도 알게 되었다.

사람의 눈은 20%밖에 못 본다는 학자도 있다. 눈을 감고 사물 찾기를 자주 할수록 평소에 눈이 잘 보고 있다는 것이 믿어지지 않는다. 눈을 100% 믿을 수 없는 일이다. 본다는 건 육안만의 행위가 아니기 때문이다.

심안(心眼)과 뇌안과 육안이 협동해서 사물을 봐야만 더 명확히 볼 수 있다. 눈을 감고 사물 찾기 연습이 단순한 흥미 이상의 의미를 제공해 준다. 눈앞에 있는 걸 제대로 다 보지도 못하면서 전체를 보는 양 자만할 일이 아니란 생각이 든다. 눈앞에 나타나는 것 조금만 보고, 나머지 뇌안에게 맡기는 것도 지혜로운 삶이 아닐지. 어차피 완벽하게 다 보지 못하는 세상일, 조금씩 보고, 양보하고, 심안과 뇌안에게 양보하고 조용히 사색하는 것도 한층 더 좋은 일일 듯싶다. 잘 하는 일도 삶이다. 잘 노는 것도 삶이다. 잘 사색하는 것도, 잘 명상하는 것도 삶이다. 잘 보는 것도 한 삶이다.

보다 더 잘 보는 일도 삶의 현명함이라면 뇌안과 심안으로 사물을 보는 연습이나 철저히 해 보련다. 인생에는 연습이 없다지만 말이다.

1만 명 작명하는 날

아이들이 시끄럽게 떠드는 가운데서도 세상모르고 낮잠에 취해 있는 사람을 가만히 내려다본다. 실험을 해보고 싶어서 떠드는 소리보다 더 작은 목소리로 잠든 사람의 이름을 불러 보았더니 눈을 부스스 뜨는 게 아닌가. 이름이란 이처럼 주인의 잠재의식 깊숙한 곳을 자극하는 것이 아닌가 싶다. 이름이 그 주인의 내면에 깊숙이 자리를 잡고 있기에 여러 가지 암시의 수수작용이 이루어지고 있는 것이라고 할 수 있겠다.

내게 역학을 가르치신 소암 선생님께서는 내 팔자에 고생을 많이 하게 되어 있다면서 이름을 1만 개 지으라고 하셨다. 지어준 1만 개의 이름을 부를 때마다 내 팔자에 고생할

액살이 제살될 것이라고 하셨다. 또한 1만 개의 이름을 다 짓는 날 텔레비전 방송에 출연할 일이 생길 것이며 반드시 좋은 일이 있을 거라고 했다. 처음에는 1만 명의 이름을 짓는다고 무슨 좋은 일이 생길 것이며, 1만 명의 이름을 언제 지을까 싶어 부정적인 생각이 앞섰다.

쉬지 않고 매일 한 개씩 이름을 짓는다고 해도 3십 년이 걸릴 것인데 언제 지으라 싶은 나태한 생각만 들었다. 1만 명의 이름을 짓는 정성을 쏟는 것만도 대단한 일이라서 좋은 일도 생기겠지 싶은 마음이 든 건 이름을 짓기 시작한 지 십여 년이 흐른 뒤였다.

사무실에 있는 작명 기록장이 너덜너덜해지는 고물이 다 되어서야 겨우 1만 명을 채운 것이다. 지금은 1만 4천 명이 넘었다. 92년도에 KBS 〈11시에 만납시다〉라는 프로그램에 출연하러 가는 날이 바로 1만 명을 채운 뒷날, 3월 4일이다. 그해에 한국일보와 경향신문에서 '해부' 와 '호드기'란 두 작품이 동시에 신춘문예에 당선되었다. 1만 명의 이름을 짓는 날 텔레비전 방송에 나갈 일이 생길 거라는 소암선생님의 말씀을 다시 되새기게 되었다.

"아니 그 사람 말고 눈이 커다랗고 얼굴이 기다랗게 생기고 머리가 훌렁 벗어지고 체격이 퉁퉁하고 키가 좀 작달막한 그 사람 말이야!" 자리에 없는 사람의 이야기를 하려면 이렇게 말을 하면 상대방은 얼른 알아채지 못하고 '허어 이 사람, 말 눈이 그렇게 어두워서야 무엇에 쓰겠나? 그 사람 말고 머리가 빠지는 쪽인지 나고 있는 쪽인지 불분명한 그 사람을 말하고 있는 중이라니깐."

"응, 알았어, 그 사람이구먼!"

만약에 사람에게 이름이 없다면 복잡하고 바쁜 세상에 사람 칭하는 일에 이렇게 시간을 다 보내야 할지 모르는 일이다. 이름이란 운명을 좌우하기도 하고, 그 사람의 영혼을 움직이기도 한다고 볼 수 있다. 많은 사람이 오가는 속을 지나가다가 누군가가 동명이인이 있어 자기 이름과 똑같은 이름을 부르면 가슴이 철렁하면서 두리번거리게 된다. 이름이란 고유명사는 오직 자신만의 것이지만 또한 남이 부르기 위해서 만든 것이니 참으로 중요한 것이고 내가 수십 년 동안 체험으로 보면 함부로 지을 수 없다는 생각을 지울 수가 없다.

나는 김승길이란 이름보다 아로信이란 호에 더 애착이 가고 남들이 더 많이 불러준다. 이름은 나와 남을 구별하기 위해 만든 것이니 내 것이지만 내 것이 아닌 것이다. 정작 주인인 나는 이름을 부르는 경우가 희소하지만 남들이 더 많이 사용한다.

남들이 불러주기 위해 작명을 하지만 죽어서 남기기 위함도 있으니 어떤 이름을 남길까를 곰삭혀 생각해 봐야겠다.

거짓 인간

거짓 인간이 모래로 거짓 벽돌집을 지었습니다. 거기서만 살다보니 거짓말과 거짓 행동에 점차 익숙해갔습니다. 거짓에 길들여져서 간혹 누군가 참말을 하면 알아듣기가 힘들었습니다.

마을과 나라 안에도 온통 거짓 사람뿐이라 누군가 실수로 참말을 하면 맹비난합니다. 거짓 동네의 거짓 언론들은 생존권을 달라며 울부짖다가 불에 타 죽은 인간을 비난합니다. 거짓 언론들은 국가의 기강을 문란케 했으니 불타 죽어 마땅하고, 원래 빨간 인간이라 빨간 불에 타 죽는 게 당연하다고 보도하는 언론도 있었습니다. 생존권을 주장하다가 불타 죽었다고 보도하는 언론이 나타나면 참말에 가깝다고 질타를 해댑니다. 각 언론들의 주장이 조금씩 다른 건 거짓의 수준이 달라서랍니다.

어떤 거짓 신문방송은 거짓말로 참말 하는 인간들을 설득시키려고 논조를 펴댑니다. 거짓 국회의원, 거짓 경찰관, 거짓 판검사들이 거짓말을 잘도 하며 살아갑니다. 거짓 인간이 거짓 방송뉴스와 거짓 신문을 보다가 답답해서 공원으로 나옵니다. 마른 잔디밭엔 연초록 빛깔의 겨울잡초가 추위와 싸우고 있습니다. 목련 나뭇가지 끝엔 하얀 참 웃음을 틔울 준비를 하며 겨울추위와 싸우고 있습니다. 앙상한 모란 나뭇가지에도 진달래도, 영산홍도 잎을 다 벗은 몸으로 봄을 준비하고 있습니다.

거짓 인간은 봄여름가을겨울 따라 순응하며 사는 식물들을 신기한 눈으로 살펴보다가 강한 충격을 느낍니다. 꽃 피우고 열매 맺으며 자연스럽고 참답게 사는 게 신기했습니다. 거짓 인간은 벽에 걸린 아날로그시계는 며칠 지나면 몇십 분씩 느리고, 전자시계는 몇 분씩 빨리 가는 게 극히 정상인 줄로만 알고 살아왔습니다. 계절 시계에 따라 한 쨤의 오차도 없이 참살이를 하는 공원식구들 앞에서 충격을 받습니다.

거짓 인간은 지금까지 살아온 방법이 이상하다는 생각이

엉킨 실타래처럼 흐트러집니다. 흙과 나무와 풀들은 거짓 인간과는 정 반대로 사는 게 신기했습니다. 거짓 인간은 고개를 들어 하늘을 쳐다봅니다. 구름접시에 하현달 사과조각이 얌전히 담겨 있습니다.

　참 해님이 동쪽에서 떠오르며 참 웃음을 빙긋이 토해내고 있습니다. 거짓 인간은 곰삭혀 생각해 봅니다. 인간을 제외한 삼라만상은 한 치의 거짓도 없이 참살이를 한다는 걸 깨달았습니다. 거짓의 반대로 참 사는 생명들이 너무 신기해서 거짓 인간은 고개를 계속 갸우뚱합니다. 거짓 인간들의 말과 행동과는 반대로 살아 보고 싶은 충동이 들었습니다. 인간이 아닌 자연생명체들과 친하게 지내며 살기로, 거짓 인간은 다짐을 합니다. 거짓과는 반대로 참사는 걸 깨달은 순간 거짓 인간의 눈가엔 이슬이 맺힙니다. 거짓 인간은 몸에 밴 거짓 때를 툴툴 털어 버리고 살자고 나무들과 새끼손가락 걸며 다짐합니다. 동쪽에서 떠오르는 참 해님과 시선이 마주치자 거짓 인간의 얼굴엔 웃음꽃이 활짝 피어납니다. 거짓 인간은 참 사는 친구들과 만남이 참으로 행복한 모양입니다.

24

철없이 사는 즐거움

바닥에 있는 모자를 엄지와 둘째발가락으로 찍어서 제기 차듯 휙 머리 위로 던져 올려 한 바퀴 횡 돌아 내려올 즈음 손으로 휙 낚아챈다. "또 철없는 짓거리!" 투덜대는 아내가 새삼스러울 것도 없어 씽긋 웃으며 모자를 쓰고 밖으로 나온다.

식탁에선 수저통에 꽂힌 숟가락을 엄지와 집게손가락으로 숟가락 목을 잡아 공중으로 휙 던져 올려 숟가락자루를 낚아챈다. 바닥에 있는 텔레비전 전기코드를 엄지와 검지발가락에 끼워 머리 위까지 휙 제기차기를 하고 나서 재빠르게 낚아챈다. 컵의 손잡이를 발가락으로 찍어 휙 던져 받을 땐 깨질까 싶어 온 신경이 집중된다. 지하계단을 걸으며 책 읽는 건 앉아서 바나나 까먹기보다 더 쉬울 정도로 습관이 된 지 오래다.

붐비지 않을 땐 전동차문이 스르르 닫히는 순간 몸을 휙 날리는 스릴도 만끽해 본다. 하수도 공사장에 '길조심' 표지판이 놓여 있으면 파헤쳐진 난간을 아슬아슬하게 걸어가 본다. 버스를 탈 때도 일부러 머뭇거리다가 버스가 떠나려는 순간에 재빠르게 올라타 본다.

하루 동안 크고 작은 일들이 수없이 나와 관계를 맺고 스쳐가지만 대부분 무의식으로 행하는 경우가 많다. 일부러 아슬아슬하게 스릴을 즐기며 한 일은 뚜렷하게 각인된다. 이런 행동이 남들 눈엔 철부지 장난기로 보일지라도 내겐 매우 의미 있는 일이다. 하루가 끝나고 일기를 쓸 때는 아슬아슬하게 행한 일은 또렷한 그림으로 나타난다. 관성에 따라 향한 일들은 흔적이 남질 않지만 긴장감에서 한 일은 또렷하게 남는다. 이런 짓은 뇌가 즐거워하고, 기억력 향상에도 좋을 거라 싶어 즐겨 행하는 편이다. 무심코 걷다가 머리 위에 공이 날아오면 금방 정신이 집중되는 것처럼 스릴 있는 일엔 집중력이 엄청 높아져 두뇌발달엔 분명 변화가 있으리라 생각을 한다. 뇌란 원래 호기심이 많다. 내 뇌는 유독 심한 모양이다. 편안하게 할 일도 이리저리 따져보고 아슬아슬하게 하는 방법으로 뇌에게 집중력을 증가시켜본다. 아주 재미있고 기억이 오래 남아 좋다.

　무의식적으로 한 일이 많아지면 뇌가 느슨해져서 퇴화된다. 빨리 늙어버릴지도 모른다는 생각이 들어 장난기 있게 살기로 한다. 의식적으로 위험을 가해주면 뇌신경은 더 활발하게 긴장한다. 이런 경험이 없는 이에겐 억지소리로 들릴지 모른다. 하루하루를 약간의 위험요소를 양념처럼 첨가하여 지내본다. 쾌감이 배로 증가한다. 생활이 단조롭지 않아 좋다. 변화를 인식하지 못하는 이를 일러 변화맹(變化盲)이라 한다. 호텔 프런트에서 입실 카드를 작성하다가 고객이 한눈파는 사이 안내원을 바꾸면 같은 사람인줄 안다. 심지어 남녀가 바뀌어도 모르는 경우가 허다하다는 실험을 한 학자도 있다.

　호기심과 주의력 집중으로 낯선 환경을 자주 만들어주면 뇌의 능력을 끌어올릴 수 있다고 하니 철없이 사는 내겐 딱 맞는 생활이론이 아닌가. 걸어가고 있는 앞길에 무슨 변화가 생겼는가를 살펴보며 새벽산책을 나선다. 얼마나 더 가야할지 모를 내 인생길에 하수도공사처럼 아슬아슬하게 주의집중 해야 할 길을 은근히 기다리며 오늘도 쉼 없이 인생길을 걷는다.

나와 사물

산행을 하려고 이른 새벽길을 나선다.

골목길에 굴러다니는 검은 비닐봉지, 돌멩이, 부서진 시멘트 부스러기, 깨져 뒹구는 기왓장, 유리 창문, 굴뚝, 벽에 부착된 광고물, 담에 기댄 쓰레기통, 전봇대에 박힌 쇠못, 축 늘어진 전깃줄, 아스팔트 틈새의 민들레, 뒹구는 마른 풀, 피우다 버린 담배꽁초, 리어카에 실린 헌 박스, 자전거에 감긴 고무줄, 철사 토막, 길바닥의 단추, 방범등에 끼인 전구, 깨진 유리조각, 모래알, 벽에서 흘러내린 흙부스러기, 플라스틱 조각, 전동차, 쇠로 만든 의자, 나무벤치, 가랑잎, 소나무, 신갈나무, 너럭바위, 냇물, 산새, 산수유나무, 썩어가는 나무덩굴, 진달래, 자갈, 모래 등등 참으로 많은 사물들을 만나면서 산꼭대기까지 이른다.

사물들을 하나하나 세어 보면서 산꼭대기까지 왔지만 빠트린 건 더 많았을 것이다. 어떤 사물 안에는 또 작은 사물을 품고 있을 것이다. 내 눈으로 보는 사물이 하루에 수십만 개가 넘을 거란 생각이 든다. 등산길 양 옆엔 많은 나무와 썩은 이파리들이 수북이 쌓여 있다. 일주일이면 두 번씩 다니는 길이다. 오늘따라 부러진 나무들이 유독 내 시선을 끈다. 산의 안쪽에 있는 나무와는 달리 길가의 나무들은 무척이나 고통스러워 보인다. 가지가 꺾이고 뭉개진 나무는 미처 자라지도 못하고, 썩어가며 신음을 토하고 있다는 느낌이 든다. 대부분 등산객들이 꺾고, 부러트린 나무들이다.

날카로운 연장에 찍혀서 흉터를 안고, 겨우 생을 버티고 있는 나무들도 많다. 톱을 산에까지 가져와서 베어 버린 걸까. 덩굴에선 연한 순이 돋아나고는 있지만 길가에 태어난 원죄로 생을 이어가기가 무척이나 고통스러울 것이다. 등산객이 불편 없이 충분히 지나다닐 수 있을만한 길인데도, 왜 꺾고 자르고 부러트리는 걸까. 나도 혹시, 길가의 나무에게 몹쓸 짓을 하지나 않았을까, 이십여 년 다닌 세월을 되새김질해 본다. 나무를 이렇게 만든 사람은 나무에게 미안한 생각을 한 번쯤이나 해 봤을까. 산을 더럽히지 않은 사람은 미안함을 쉽게 느낄 수 있을지 모르지만, 나무를 괴롭힌 사람은 그렇지 않으리란 생각은 나의 편견적 사고일까. 무슨 운명을 타고났기에 길가에서 수난을 받으며 생을 이어 갈까. 생각하고 또 생각해 봐도, 길가의 나무를 괴롭혀대는 사람의 심리가 쉽게 이해가 가질 않는다. 짐수레를 끌고 다닌다거나 많은 짐을 짊어지고 다니는 길도 아니다. 코끼리처럼 커다란 사람이라고 해도 지나 다니기엔 충분한 정도의 길이다. 나무는 사람에게 이로움만 주고 살아간다. 사람은 왜 나무들을 고통만 주면서 살아갈까.

"나무와 사람은 공생한다." 사람들은 쉽게 말한다. 나무도 그렇게 생각할까. 세상에 "존재하는 모든 사물은 공생한다." 인간이 쉽게 말할 수 있을까. 존재하는 모든 사물이 인간을 위해서 존재하다는 생각을 먼저 할지 모르겠다. 인간이 없어도 사물은 존재할 수 있다. 사물 없이는 인간이 존재하기 힘들다. 사물을 대할 때마다, 고마운 마음부터 가지는 사람이 되었으면 하는 생각이 산을 내려오는 내내 뇌리를 맴돈다.

26

흉기(凶器)는 흉기(凶器)인가

늙었다면 섭섭해 할 정도의 여인 둘이 길에서 악다구니 질을 해댄다. 옮기기마저 힘든 욕설을 퍼부어대는 걸 보니 고운 얼굴이 그 반대로만 보인다. 뾰족뾰족한 가시가 달린 말투, 금방이라도 살점을 도려낼 것 같은 면도날 같다.

서로를 잘 아는 사이 같은데 상대에게 깊은 상처를 낼만 한 말들을 마구 쏟아내고 있다. 예쁜 얼굴 속에서 저렇게도 날카로운 흉기가 들어 있었단 말인가. 고슴도치처럼 온 몸에 가시를 지닌 사람에게서나 나올 법한 욕설들이다. 고운 피 부, 맑은 얼굴을 지닌 여인 속에 독기서린 가시가 들었다는 게 정말 믿기 어렵다. 부드러운 껍데기 안에 지독스럽게 추 한 것들을 감춰 두고 사는 게 인간인가. 건강한 몸뚱이, 예쁜 얼굴, 아주 편리하게 사용할 수 있는 손, 튼튼한 발을 지니고 있으면서, 왜 타인을 찔러 대고 깨부수고, 상처를 입히는 것을 꺼내서 사용하는 걸까. 겉과는 정반대를 속에 지닌게 인간의 속성일까. 고운 껍데기 속에 거칠고 딱딱하고 날카로운 것들을 담고 있구나. 싸우는 여인들을 뒤로 하고 가던 길을 걷는다. 모르는 사이 내 몸뚱이 이곳저곳을 차례로 만진다. 손과 얼굴을 만져 본다. 만지는 곳마다 부드럽기만하다. 모두가 고운데 이 안에는 남을 찌를 수 있는 뾰족한 가시가 얼마나 들었을까. 내 안에도 날카로운 비수들이 들어 있지 않다고 당당하게 말할 수 없을 것 같다. 여인들의 욕지거리가, 내 안에 숨어 있는 흉기들을 꺼내지 말라고 타이른다. 내 안에 많은 흉기가 있을지라도, 사용하지 않는다면 없는 거나 마찬가지다. 우리 집엔 칼과 망치, 드라이버, 톱, 삽 등등 연장들이 있어 편리하게 사용한다. 나쁜 연장이 따로 없다. 좋은 연장을 잘못 휘둘러 흉기가 되는 것이지 처음부터 흉기가 아니다.

내 안에 많은 흉기가 있어도 집안의 연장처럼 '나쁘게' 사용치 않으면 무슨 걱정이겠는가. 무슨 물건이든 사용치 않으면 없는 거나 마찬가지다. 내 안에도 시기, 질투, 탐욕, 음심,

분노, 거짓 등등 나쁜 연장들이 많이 있을 게다. 나쁜 생각과 좋은 생각, 선한 마음과 악한 마음이 내 안엔 어우러져 있다. 같은 도구라도 사용하기에 따라 이롭기도 하고, 악랄한 흉기가 된다는 걸 명심하야겠다. 마음에 제어장치를 단단히 한다면 나쁜 연장이 아무리 많다고 한들 무슨 걱정인가. 싸우는 여인들의 욕설이 눈발처럼 자꾸 내 발길 앞으로 쏟아져 내린다. 집에 도착했는데도, 곱게 생긴 여인들 서슬 퍼런 악다구니가 뇌리에서 지워지질 않는다. 지금 내 안에도 이로운 도구만 있는 게 아니란 생각을 하게 한다.

마음의 도구, 연장은 꺼내서 사용하기 나름이다. 흉기보다 이로운 도구를 많이 사용한다면, 걱정할 필요 없으리라. 착해지려고 몸부림치는 내 마음, 또 언제 변할지 몰라 상상의 문을 얼른 닫아 버린다.

27

설거지

설거지는 나의 재미있는 일 중의 하나다. 지저분한 것들이 깨끗이 씻겨 내려가는 걸 내려다보고 있으면, 출렁거리며 힘차게 빠지는 하수돗물처럼 침침하던 마음 구석이 뻥 뚫리는 느낌이 들어 아주 상쾌하다. 이젠 설거지하는 일이 귀찮다거나 힘들다는 생각이 들지 않을 정도로 친숙해졌다. 주방기구들이 깨끗하게 변한 모습을 보는 즐거움 때문에 설거지가 재미있다. 일할 때에 게임이나 오락처럼 신나게 해보면 뇌가 썩 좋아한다는 게 느껴진다. 힘든 일이라도 즐겁게 하면 달라진다는 건 말로는 쉽다. 오락처럼 하려면 오랜 연습이 필요한 게 사실이다.

설거지를 할 때마다 단순히 그릇을 씻는 일이 아니라는 생각을 앞세우려 애쓴다. 마음을 닦는다고 '그릇 씻기 명상'을 하다 보면 싫은 생각이 금방 사라져버린다. 아내의 밥그릇을 씻는 건, 아내에게 거짓말했던 잘못을 씻는 일이다. 살면서 일부러, 무심코, 본의 아니게 아내에게 거짓말을 했던 게 아닌가 싶어 서다. 거짓말의 때도 말끔히 씻어 내리기를 바라는 간절한 마음을 앞세운다. 아들의 그릇도 깨끗이 씻는다. 어렸을 때부터 서 잘 돌보지 못하고 이 핑계 저 핑계로 밖으로만 싸돌았던 거 짓말 땟물도 깨끗이 씻어졌으면 하는 생각을 한다. 딸의 그릇도 닦는다. 키우면서 맘속에 저렸던 때 자국을 씻어내야겠다는 생각을 하면 한결 마음이 편안해진다. 해서, 설거지를 자주 하게 된다. 우주여행을 하고 우리 집까지 찾아온 물은 내 맘에 들어와 조잘댄다.

'나는 절대로 거짓말을 하지 않는데 사람은 어찌 그리도 거짓말을 감쪽같이 하고도 시치미를 딱 떼는 버릇이 있니?' 물이 내게 말을 던진다. 온 우주를 샅샅이 뒤지고 다니다가 땅속까지 두루 돌아다니며 배워 온 물의 철학을 듣다 보면 어느 새 그릇들은 선반 위에 가지런히 엎드려 잠든다. 많은 때를 묻히며 살아온 내 인생살이도 씻은 그릇처럼 된다면 얼마나 좋으랴. 설거지를 하며 녹슬어 가는 뇌도 깨끗해지길 염원한다. 설거지를 한다는 것은 물과 대화하는 성스러운 만남의 순간이다.

 나의 과거와 현재가 함께 어우러져 함께 묵언대화를 하는 시간이라 나는 설거지 하는 게 즐겁기만 하다. 물과 함께 한참 동안 묵언대화를 하고 나서 잘 정돈된 그릇들을 바라보고 있으려면 마음이 더 깨끗해짐을 느낀다. 깨끗이 씻어서 정리해 놓은 그릇에서 아내가 티끌 같은 때를 찾아낼 때도 있다. 처음엔 깨끗이 씻지 못한 뉘우침보다 불쾌한 생각이 먼저 들었던 게 사실이다. 이젠 내 맘속에도 이렇게 작은 때를 모르고 있지 않나 싶어서 스스로를 반추해 보자고 먼저 자신부터 달랜다. 잘 보이지 않는 티끌 하나를 발견하듯 내 맘속 티끌부터 찾아내는 혜안이 열렸으면 좋겠다. 오늘도 설거지를 하며 마음속을 찬찬히 들여다본다.

 작디작은 티끌 하나라도 찾아보려고 애쓰지만 쉽게 보이질 않아 안타깝다. 설거지를 얼마나 더 하면 마음눈이 훤히 떠질는지. 설거지하는 일을 취미라고 선뜻 말할 수 있을 때까지 해 보면 될까. 세태에 찌든 내 마음이 맑아지길 염원하며 또 설거지를 한다.

28

좋아지기 연습

"좋다, 조오타!"

앞에 가는 이의 커다란 소리가 무심히 산을 오르고 있는 나를 확 깨운다.

"나도 좋습니다!"

나도 모르는 순간 앞에 올라가는 이의 말에 대꾸처럼 큰 소리가 튀어나온다. 내가 지른 소리에 뒤돌아보는 이가 반가운 건지, 어이없음인지 어정쩡해 보인다. "뭐가 그리 좋으세요?"덩달아 좋다고 탄성을 질러 놓고는 한마디 던져 어색한 분위기에 희석시켜 본다. "산에 오니까 신선한 공기도 좋고 짙푸른 숲이 차암 좋지요!" '온 세상이 오염덩어리로 변해버렸는데 공기가 맑으면 얼마나 맑을까.' 나는 중얼거리며 속으로만 삭힌다.

삼라만상을 담고 있는 넓은 우주공간을 인간만이 주인인 양 조심성 없이 사용해서 온통 오염시켰는데 산이라고 청정한 공기가 있겠는가. 무의식적으로 좋다는 소리가 내 입에서 튀어나왔지만 부정적인 생각이 자꾸 꼬리를 물고 따른다.

넓고 넓은 우주 그릇을 더럽혀 놓은 일에 일등공신이 누구겠는가. 지구덩어리를 더럽히다 못해 우주공간 어디에나 찾아나서려는 존재가 유일하게 인간뿐이라는 심증을 도저히 떨칠 수가 없다. 자기 존재를 영위하기 위해 지구를 더럽히는 데 앞장서는 가장 이기적인 동물이 아마 인간을 제외하고는 논할 수가 없으리라.

이른 아침부터 등산 와서 기분 좋아하는 이 앞에서 이상 더 부정적인 말을 내뱉을 수가 없어 속으로만 낑낑대며 생각에 젖는다. 인가에서 멀리 떨어진 산까지 찾아와 맑은 공기를 만들어 내고 있는 나무들을 찍고, 꺾고도 모자라서 땅까지 파헤치는 일을 인간들은 쉴 새 없이 자행하고 있다. 세상천지가 찌그러지고 더럽혀진 오염 덩어리가 되어 가는 느낌이다. 인간에게 피해도 주지 않는 산짐승까지 못살게 굴어 편히 살 수가 없는 지경이다. 식물과 동물들까지 편히 살아가지 못하게 만들고도 부족해서 별나라나 달나라 창공까지 올라가려고 안간힘 쓰는 인간들은 어디까지가 한계일까. 우주 전체를 다 더럽히고 나면 다음엔 또 어디로 가서 망가뜨릴 대상물을 찾아 나설까. 기분 좋다는 앞서가는 이의 말에 동조는 하지 못하고 어두운 쪽만 골라 생각하는 나도 참 한심하다. 내 마음속이 너무 어두워서 이런 생각만 하고 있는 겔까. '나도 좋다 좋아!' 속으로 계속 중얼거려본다. 일부러 앞서가는 이와 간격을 넓히려고 천천히 오르며 좋다는 암시를 반복해 본다. '나도 좋다!' 계속 좋다는 말을 중얼거리고 나니 기분이 조금은 나아진 듯싶다. 인간들이 욕심을 조금만 줄이면 나으련만. 아주 멀고 먼 옛날엔 지구상에 공해란 게 없었을 거라 생각된다. 인간이 제일 잘났다는 생각을 조금만 줄여본다면 어떨지. 마음속에 시원한 바람이 스며든다. 좋다는 이는 이미 제3갈딱고개를 거의 다 올라가고 있다. "좋다 좋아, 나도 좋다!" 큰 소리를 지르고 나니 무척 상쾌하다. 나의 몸과 마음, 정신 속으로 진짜 좋은 기운이 시원하게 스며드는 느낌이다.

29

자신의 관상 만들기

"저는 사주팔자 같은 걸 믿지 않지만 선생님의 글이 재미 있어 찾아왔습니다." 앞으로 선생님 책을 다 사서 읽겠다는 아부성이 묻은 발언까지 곁들이는 젊은이의 얼굴엔 '그래도 제 앞날이 몹시 궁금한데요?' 라는 글귀의 자막이 스치고 있다.

내가 쓴 '신세대 관상법'이란 책을 읽고 물어물어 찾아온 젊은이에게 어떤 말로 대화를 이어갈까 하고 망설이고 있는 참에 "선생님, 사주와 관상이 뭐가 다른가요?" 하고 불쑥 질 문을 던진다. 아는 퀴즈문제를 만난 것처럼 재빠르게 대답 의 벨을 눌러서는 안 된다고 뒷걸음질을 잠시 하면서 뜸을 들인다. 올 때는 본인이 울고, 갈 때는 남을 서럽게 울려 놓고 가는 것이 인간이다. 태어날 때의 울음은 햇빛도 못 보는 뱃속 감옥살이에서 만기 출소하는 기쁨의 노랫소리로 해석해야 옳지, 어디 그게 울음이라고 이름 붙일 수 있으랴. 또한 새의 울음처럼 눈물도 흘리지 않는 걸 굳이 울음이라고 하는 것은 잘못된 해석이 아닐까 싶다.

대형 병원에서 한날한시에 태어나는 아기들을 한데 모아 놓으면 합창단 몇 개를 조직하고도 남을지 모를 정도로 사주가 같은 경우가 많을 게다. 뱃속에서 동고동락하다가 같은 날 나가기로 의논하고 간발의 분차로 출소한 일란성 쌍둥이라고 해도 공장에서 만든 상품마냥 얼굴이 똑같지는 않으므로 같은 운명이 없다는 것이 사주하고는 다른 관상이론이다.

사주로만 운명을 100% 판단한다면 태어나면서부터 등급을 매기는 게 참 억울한 일이다. 아무리 억울해도 나온 뱃속으로 다시 들어갔다가 좋은 날을 택일하여 다시 나올 수도 없는 노릇이 참으로 고정불변한 사주의 역설이 아니겠는가. 사주에 비하면 관상은 단순하게 '이렇게 생긴 사람은 팔자가 세고, 저렇게 생긴 사람은 호강만 하며 살다가 간다.' 라고 하는 이론은 아니다.

필자의 수십 년 단골 고객이 답답할 때 종종 전화로 문의

할 때가 있지만 웬만하면 굳이 현품을 가지고 와서 보여 달라는 이유가 있다. 한여름 화분에 심은 화초는 2~3일만 물을 주지 않으면 잎이 축 처져서 곧 죽을 것만 같다가도 물을 주고 한두 시간만 지나면 생기가 확 돌아 펄펄 살아 움직이는 느낌이 든다. 굳이 현품을 보자는 것은, 그 얼굴에 생기가 돌아 있는지를 보기 위함이다. 생기가 넘치면 운이 뻗어 나가는 상태이고, 물 못 먹어 사기(死氣)를 지닌 화초 꼴이면 한 발자국 뒤로 물러서서 사태를 관망하라고 일러주기 위함이다. 아무리 하늘을 찌르는 권력을 지닌 이라고 할지라도 자기의 얼굴을 비서에게 맡겨 대신 좀 살아달라고 할 수는 없는 노릇이므로 링컨할아버지가 "40살이 되면 자기 얼굴에 책임을 지라" 고 충고한 게 아닌가 싶다.

하필이면 풀죽은 화초 꼴을 노출하여 대인관계에 적자를 내는 것보다는 자기연출에 신경을 써 흑자를 내는 게 더 활기차게 사는 일이 아니겠는가.

인간은 의지와 생각이 있기에 자기연출에 게으르지 말라는 말을 듣고서 인형처럼 고개를 끄덕이며 나가는 젊은이의 모습을 보니 내 얼굴에도 생기 품은 화초가 된 느낌이 든다. 종묘 담벼락을 넘겨다보는 겨울나목들이 봄소식을 전하려는지 생기 넘친 얼굴이다.

관상은 고정불변이 아니라 긍정적인 마음으로 늘 가꾸어 나가는 것이 연출기법이고 처세기법인 셈이다. 내가 새벽명상을 하고 나서 늘 거울 앞에 서서 나의 얼굴을 찬찬히 살펴보는 것이 '참나'를 매일 만나기 위함이다.

30

숨어 있는 마음

아이로 살아 봤기 때문에 아이를 어느 정도는 안다. 청년기를 거쳐 왔기에 청년의 마음을 조금은 안다. 어른이 되었기에 어른의 처지도 조금은 안다고 말할 수 있겠다. 부모가 되어 봤으니 부모 마음도 내 안에는 있을 것이다. 알고 있는 것들이 내 안에는 많이 있을 것이다. 내 안에 체험으로 쌓아 둔 마음들을 제대로 활용만 한다면 처세의 달인이 되겠다.

아이의 마음을 꺼내 사용하면 좋을 때가 많다. 순진무한 아이의 마음으로 친구를 사귄다면 얼마나 좋으랴. 내 안에 아이 때 겪었던 마음들을 꺼내서 사람을 대한다면 사람들로부터 좋은 평을 받을까. 간악하거나 악랄하지 않은 아이 생각을 꺼내서 사람들을 대한다면 참 좋겠다. 내가 청년기에 사용해 봤던 청년 마음을 꺼내 잘만 활용한다면 패기 넘치고 정의로운 사람이 되지 않을까.

경험으로 축적해 놨던 어른의 마음을 꺼내 잘만 활용한다면 누구 앞에서나 해서는 안 될 일은 하지 않으리라. 어른의 마음은 근엄하면서도 어느 한쪽으로도 치우치지 않게 세상을 보는 힘이 있어 꺼내서 써볼 만하지 않을까. 내 안에 체험으로 쌓아 둔 부모의 생각을 꺼낸다면 모든 사람들을 내 자식처럼만 따뜻하게 대할 수 있을 게다. 부모의 마음을 꺼내 모든 이에게 자식만큼 사랑할 수 있다면 사회에 비난 받고 있는 성직보다 나으리라.

내 안에는 분명 체험으로 쌓아 둔 네 가지의 마음이 있다. 아이와 청년과 어른과 부모로 살아왔는데 그 마음들이 어디 숨어있을까. 분명히 체험으로 모아 뒀다고 생각해 왔는데 그 마음들이 다 어디로 갔단 말인가. 그 생각들과 마음들은 어디에 숨어 있을까. 내 안에 있는 과거의 마음들의 정체가 무척이나 또 궁금해진다. 생각의 정체성을 알 수 없다는 게 참 안타깝고 황당할 뿐이다.

손에 익은 기술은 아무리 오래 사용하지 않아도 어느 정도는 꺼내 쓸 수 있다. 마음의 기술은 사용하지 않으면 녹슬어서 못쓰게 된단 말인가. 마음이란 참 묘한 존재인가 싶다. 과거의 마음은 쉽게 녹슬어 버리고, 미래의 생각에만 탐욕 하는 게 마음의 본성일까. 흔히들, 과거를 거울삼아 미래를 걸어가라는 말은 쉽게도 한다. 마음을 사용하는 일에는 전혀 해당이 되지 않는 걸까. 아이부터 청년기를 거쳐서 어른이 되고, 부모가 되어 왔지만 지금은 쓸모가 없는 마음으로 퇴색된 것만 같다. 체험으로 쌓아 둔 마음들이 어디로 가 버렸는지 다시 샅샅이 찾아 봐야겠다. 과거를 완전히 지워 버릴 수는 없다. 과거가 없다면 미래도 만들어 낼 수가 없기 때문이다. 과거와 미래의 화합물질이 오늘이다. "이용할 줄 아느냐가 문제일 뿐, 조물주는 만인에게 행복할 기회를 주었다"는 클라우디아누스의 말이 생각난다. 내 안에 있는 아이 마음 청년 마음을 찾아내서 어른 마음과 부모 마음을 합성해서 잘 사용해야겠다.

31

나의 서재

시간이 없어서 도저히 책을 읽을 수 없다는 이도 있다. 조용한 서재가 있으면 많은 책을 읽을 수 있겠다고도 한다. 빠르게 달리는 생활열차에 몸을 실은 우리 모두는 정말 바쁘다. 제발 시간이 좀 있어서 책을 읽었으면 좋겠다고도 한다.

나는 시간이 별도로 있어서 읽는 게 아니라, 시간이 없기에 더 많이 읽는 편이다. 시간과 장소를 챙기지 않고 그냥 읽는 편이다. 길을 가면서, 전동차를 타고 볼일을 보러 가면서 독서를 한다. "대출한 책 아직 덜 읽은 것 보니까 이번 주는 덜 바빴네요." 아들이 툭 던지는 말이다. 덜 바쁠 때는 책을 많이 읽지 못한다. 바쁘게 다녀야 할 일이 많을 때, 시간이 꽉 짜여 빈틈이 없을 때, 읽을 장소가 제공되지 않을 때 나는 책을 더 많이 읽는다. 공감하지 못하는 사람이 많겠지만 나만의 비결이기도 하다. 제기동 유치원에서 한문 강의를 끝내고 천호동 유치원으로 향할 때 딸이 승용차로 가자는 걸 한사코 뿌리치고 전철역으로 걸어간다. 승용차로 편안히 가면 될 것을 전철역으로 걸어가고, 계단을 오르내리고, 전동차 안에서 한 시간 동안 시달리는 걸 딸은 얼른 이해 못 한다. 길을 걸으며 계단을 오르내리면서, 전동차 안에서 서거나 앉아서, 알차게 책을 읽으면서 가는 재미를 모른다. 새벽 등산을 가기 위해서 전동차를 한 번 갈아타고 마을버스를 한 번 더 타면 꼭 한 시간 만에 산 입구에 이른다. 왕복 두 시간이면 어지간한 책 한 권, 어느 때는 한 권 반을 읽기 때문에 이동하는 곳이 내겐 책을 읽는 서재인 셈이다.

일을 보러 나가며 책을 읽는다. 어차피 가야 할 시간을 복제해서 독서를 해야 한다. 걷는 장소든, 앉아서 가는 차 안이든, 언제나 나의 서재가 되는 셈이다. 시간과 장소가 따로 필요한 것이 아니라 그냥 읽는 곳이 서재이고, 읽는 시간이 독서시간이다. 서재에 담겨서 생활하는 부지런을 떨다 보면 일 년에 4백 권 이상은 거뜬히 읽어 낸다. 볼일로 나갈 일이 많으면 책을 더 많이 읽기 때문에 아들이 책을 많이 읽지 않은 주

일은 바쁘지 않았느냐고 묻는다.

18세기에 16세의 나이로 세상을 하직한 정기동(鄭箕東)이라는 인물이 있었다. 자는 동야(東野)인데 동래 정씨의 대가에서 태어나 16세로 세상을 하직하게 되었다. 죽기 전에 효도를 다하지 못한 것과 책을 다 읽지 못한 것을 한탄하여 아내인 조(趙)씨에게 시부모를 잘 모실 것과 책을 무덤에 함께 묻어 줄 것을 당부했다. 아내가 흔쾌히 허락하고 그대로 행했다.

무덤 속에서도 책을 읽겠다는 의지는 충격적인 감동이다. 책을 좋아하는 사람은 저승에서도 책을 읽는 것 같다며 외할아버지 무덤에서 글 읽는 소리를 들었다고 어머니가 말씀하신 적이 있다. 외할아버지는 늘 책만 손에 끼고 사셨는데, 아마 그 환상을 어머니가 무덤가에서 들었는지, 실제로 책 읽는 소리를 들었는지, 혹은 내게 책을 많이 읽으라고 일부러 꾸며낸 말씀인지는 따질 필요까지는 없는 일이다. 죽어서나 살아서나 책을 좋아하는 사람은 마찬가지인가 보다. 나도 이 세상을 떠나면 책을 읽을 수 있는 곳으로 갔으면 좋겠단 생각뿐이다.

32

가짜 거짓말과 진짜 거짓말

"오메오메, 이년이 사람 잡네!"

"내가 은제 그런 말을 했어!"

중년 여인 둘이 길에서 격렬한 말다툼을 한다. 당장 요절을 낼 기세다. 자세히는 모르지만 둘 중 누군가가 거짓말을 한 것만은 분명한 것 같다. 서로 거짓말을 한다고 우겨대니 누가 거짓말쟁인지는 알 수 없다. 분명한 건 한 사람은 자신이 거짓말 한 걸 알고 있으리라. 자신은 알면서도 우겨대면 결국 상대가 넘어갈 거라는 계산일 게다. 자신을 보호하기 위해 거짓말을 할 때가 더러 있다. 거짓말이란 확실한 입증을 시키지 않으면 자칫 진짜가 되어 버리는 경우도 있다. 타인에게 들키지 않으면 참말처럼 그대로 유지하는 거짓말도 더러 있다. 오랜 시

일이 지나면 거짓말을 한 자신도 진짜라고 믿는 게 사람 뇌의 약점이기도 하다. 세월이 흐르면 진짜라고 뇌가 철석같이 입력해버리는 경우가 많아서 하는 말이다. 첨가기억이란 오래 된 일을 자기에게 유리한 대로 보태서 기억을 만들어내는 걸 말한다. 어느 정도 애교 섞인 거짓말은 재미있을 때도 있어 무난히 인정해 주기도 한다. 남에게 피해를 주는 거짓말은 즉석에서 들통 나는 게 당사자를 위해서도 참 다행한 일이 아닌가 싶다. 들키지 않고 성공한다면 습관이 되어 거짓말 기능보유자가 될지도 모르니 이 얼마나 끔찍한 일인가. 애교 섞인 거짓말, 심심풀이 거짓말을 하는 경우는 가짜 거짓말이지만, 타인에게 피해를 주는 거짓말은 진짜 거짓말이라고 할 수 있겠다.

아주머니들 말다툼을 보고서, 나는 지금까지 얼마나 거짓말을 했을까 되짚어 본다. 들킨 거짓말도 있을 것이고, 영원히 들키지 않고 참말이 되어 버린 거짓말도 내 뇌 속에는 저장돼 있을 게다. 언젠가 미아리에 사신다는 50대 중반의 아주머니가 찾아왔다. 대장암 3기말 진단을 받았다고 다 죽어가는 상이었다. 의사는 먹고 싶은 거나 먹으며 편히 지내라고 하더란다. "사주를 볼 것도 없이 당신 관상을 보니 6개월 내로 반드시 건강해질 겁니다!" 나는 망설임 없이 강한 어조로 무책임한 거짓말을 해버렸다. 까맣게 잊고 지냈는데 어느 날 그분이 멀쩡한 몸으로 나타났다. 참으로 거짓말 같은 사실이다. 병원에서는 희망이 없다고 했지만, 그때 내가 한 말이 뼛골까지 박히는 느낌으로 마음에 큰 충격이 오더라고 그때의 상황을 말한다. 산사에서 채식을 하며 2년을 지냈는데 의사도 이해가 가지 않는다고 했다.

유익한 거짓말을 적당하게 하면 아주 좋은 결과가 오는 경우도 있다. 적당한 거짓말을 해주면 고객은 어려운 현실을 훨씬 쉽게 극복하기에 하는 말이다. 환자에게 거짓말 하는 의사, 아이에게 이로운 거짓말을 하는 엄마, 부하에게 할 거짓말, 친구나 애인에게 할 거짓말 등은 거의가 가짜 거짓말인 경우다. 남을 속이려고 간교하게 꾸미는 거짓말은 진짜 거짓말이라고 할 수 있겠다. 진짜 거짓말과 가짜 거짓말을 잘 고르는 것도 삶의 한 가지 지혜가 아닐까. 거짓말을 논하다 보니 미친 녀석처럼 허공을 향해 소리치고픈 충동이 일렁인다. "거짓말, 그것 참 좋은 겁니다. 이왕이면 진짜 거짓말과 가짜 거짓말을 잘 골라 멋지게 한 번 해봅시다!"

100% 행복과 100% 불행

세상엔 돈이 많은 사람이 참 많습니다. 돈이 없어서 근근이 사는 이도 많습니다. 멋진 명품 침대를 사다가 침실을 멋있게 꾸밀 수는 있지만, 100% 수면을 편안하게 취할 수 있다고 장담할 수는 없는 노릇입니다. 외국유학까지 다녀와 지식이 풍부하고 박사학위 받아와서 남 보기엔 훌륭하게 보일지라도 사회와 일류에 100% 공헌할 수 있는 훌륭한 사람이라고는 장담할 수 없습니다.

돈이 많아 이곳저곳 찾아다니면서 웰빙 음식을 먹어댈지라도, 100% 건강을 자신할 수는 없을 겁니다. 돈을 많이 들여 일류 성형외과 의학박사님께서 얼굴 뜯어 고칠지라도, 100% 미인이 된다고 장담은 못 할 것입니다. 호화저택 지어 놓고 산다고 할지라도, 그 안에 같이 살고 있는 가족이 100% 화목하다고 장담 못 할 겁니다.

돈이 많아서 갖가지 취미생활 하며 산다 해도, 100% 즐겁지는 않을 겁니다. 돈이 아니고도 할 수 있는 것도 세상엔 많고도 많습니다.

돈 없이 즐겁고 행복하게 사는 비결은 각자의 마음 안에 있답니다. 돈이 모자라도 마음으로 행복하게 살아가는 이는, 돈 많은 이 부럽잖게 100% 가까이 행복 누리며 살 수도 있답니다. 돈 들이지 않고도 마음으로 행복과 건강을 만들어 100% 행복감 누릴 수도 있다고 합니다. 행복도, 즐거움도, 모든 것들은 마음이라고 장담하며 살아가는 이를 참 많이 보았습니다. 마음으로 즐겁게 사는 사람은 돈 많은 이보다 남들에게 원성이나 원망을 듣지 않고도 살아갈 수 있다고 자신 있게 말하기도 합니다. 돈은 적지만 마음이 크고 넓고 맑게 사는 사람은 항상 자유스럽다고들 합니다. 돈이 많아 걱정하는 이보다는, 없어도 걱정이 적어 태평세월 누리는 이도 세상엔 참 많이 있다고 합니다. 돈이 적어도 웃음과 즐거움을 누리고 사는 이들의 말을 듣고 있으면 100% 행복한 바이러스가 전염됨을 느낄 때가 종종 있습니다. 마음으로 행복하게 사는 이는 늘 가볍고 홀가분하고 개운하지만, 돈이 많은 이는 그 돈 무게에 마음이 짓눌리어 삶이 무겁다고도 합니다. 돈이 없으면서 즐거운 마음으로 사는 이들도 돈 때문에 걱정을 할 때도 있지만, 돈이 많아서 마음이 무거운 이들의 걱정과는 그 질이 다르다고들 합니다. 돈이면 안 되는 일 없고 귀신도 사귄다는 세상이라지만, 돈보다는 홀가분한 마음이 앞서야 한다고 말하는 이도 뜻밖에 많이 만나 보았습니다. 마음을 잘 다스리면서 사는 것이 참 행복한 일이라며 마음으로 사는 이들은 늘 말하곤 합니다. 이런 글을 읽고서 콧방귀만 흥! 하는 이가 많을 수 있겠습니다만 이 글을 읽고서 '그래그래!' 맞장구칠 이도 더러 있을 거라 생각해 봅니다. 찬성과 반대를 하는 두 부류 다 인생의 사양길에 접어들어, 죽음이 눈앞에 다다를 때는 어떻게 계산이 될지 궁금합니다. 세상사 허망하다고 저승 문턱 쳐다보며 한탄하는 일 없게 마음부터 추슬러야 하지 않을까 싶어 이런 넋두리를 늘어놓아 봅니다. 마음 단속 잘하며 살아야겠다고 오늘도 마음 챙김 공부에 열중합니다. 마음 챙김이 나를 100% 행복으로 살아있게 합니다.

34

마음을 깨우는 소리

"지각하겠다, 빨리빨리 일어나!"

엄마 목소리가 골목까지 넘어오는데도 학생은 일어나질 못하는지 계속 재촉이다. 나를 저렇게 깨워줄 사람이 아무도 없다는 걸 생각하니 갑자기 허전함이 밀려온다. 어렸을 때 소 풀 뜯기러 가라고 아침마다 끈질기게 깨워댔던 엄마 목소리가 저랬을까.

난 성인이 된 후로는 누가 깨워서 일어난 적이 한 번도 없다. 지금 잠자는 학생처럼 나의 마음을 누군가가 야무지게 깨워 주는 사람이 있다면 참 좋을 거란 생각이 새벽 산책 걸음을 더 무겁게 한다.

마음이 깊이 잠들어 있는 사람은 온전하게 살아있는 게

아닌 셈이다. 학생을 깨우듯 내 맘을 깨워 줄 어머님이 지금 살아 계신다면 얼마나 좋으랴. 내 껍데기가 깊이 잠들면 남들이 쉽게 알아차리고 깨워 주기는 쉽지만 알맹이가 잠들면 쉬 알아볼 수 없어 쉬 깨워 주질 못할 게다. 깨어나기에 게으름 피운다면 마음은 끝내 깨어나지 못하고 끝내 잠들어 버릴지 모르겠다. 게을러지는 마음을 다잡으면 금방 깨어나지만 자꾸 미루다보면 마음은 더 깊이 잠들어간다. 자는 걸 좋아하는 게으른 마음은 더 자자고 꼬드기는 습성이 생기고 만다. 산책으로 마음을 깨우는 이 새벽, 길을 보며 걷는 게 아니라 내 맘을 들여다보며 걷는다. '승길이 너, 지금 뭘 하고 있는 거냐?' '무엇을 하기 위해 사니?' '어디쯤 와 있는 거야?'

'지금까지 똑바르게 걸어왔는지 뒤돌아 봐라.'

나는 새벽 산책길에서 나의 영혼이 나를 깨우는 말소리를 듣는다. 선잠에서 깨어나고 있는 내게, 나는 묻고 또 다시 물어 본다. 많은 질문을 하는데도 선뜻 대답하지 못해 안타까운 나다. 문제 속엔 반드시 해답이 있는 법이라고 했으니, 나는 내게 더 열심히 물어보련다.

이 세상 모든 질문이 반드시 정답을 요구하는 건 아닐 수도 있다고 생각된다. 질문 자체가 명쾌한 해답임을 깨달을 때까지, 나는 내게 질문하고 또 질문하리라. 내가 질문을 계속하고 있을 때만이, 내 마음이 진정으로 깨어나고 있음을 난 안다. 깨우기 위해 생각하고 또 생각한다. 생각하면서 걸어가고, 또 생각할 때, 곧 내가 깨어나고 있다는 걸 나는 느낀다. 지금까지 깨워주지 않아도 일찍 잘 일어났듯, 마음도 저절로 잘 깨어났으면 참 좋겠다. 내가 나를 깨우는 일은 정말 소중하고, 내가 하지 않으면 안 되는 일이기도 하다. 내 마음이 지금 자고 있다는 것조차 모른다면 잠자는 맘으로 살겠지. 내 껍데기가 종종 잠잘지라도 안에 있는 나는 깊이 잠들지 말라고 경고도 해 본다. 앞으로 내가 더 걸어가야 할 인생길도 깨어나고 있는 지금의 나와 함께 걸으리라. 늦잠 자는 학생 엄마의 목소리가 새벽 산책길 내내 마음 귓바퀴를 맴돈다. 나는 또 중얼거리며 걷는다.

"옳지, 지금 저 소리는 나를 깨우는 소리지."

35

사물에 대한 명상

영리하고 영특한 사람이 참 많은 세상이다. 나라도 조금은 바보가 되어서 살고 싶은 생각이 간절하다. 좀 적게 들었으면 좋겠다고 귀를 조금 막는다. 많이 흘러 보내고 조금만 담아 들으려고 귓문 다이어트를 시도해 본다. 약삭빠르게 영리한 사람이 넘쳐나는 세상에 조금이라도 어수룩하게 살아 보는 것이 내 몫일 것 같아서 귀문을 뱅긋이 열어 보자고 애써 본다. 우쭐대는 마음을 지운 자리에 약간이라도 멍청한 바보 마음을 데려다 앉히고 싶다.

타인의 말소리 영악스럽게 들으려 귀 기울이지 말고, 영특하게 설쳐대는 사람 눈여겨보지 말고, 심안을 다이어트하고 싶다. 자기의 주장을 아끼는 이를 찾아다니며 만남의 다이어트도 해보고 싶다. 사물은 말이 제 자리를 지킨다. 내가 대하는 대로 사물은 그냥 따라 준다. 사물은 내가 보는 대로, 느끼는 대로, 대하는 대로 묵묵히 순응해 준다. 나에게 진실을 보여 주는 건 사물뿐인가 싶다. 너무 영리하고 약삭빠른 사람이 많은 세상이라, 사람 만나기가 겁이 날 때가 많다. 사물은 바보 같아서 대하기가 편안하다. 나를 따르는 사물들도 어쩌면 나를 바보로 봤으면 좋겠다. 내가 해야 할 일을 야무지게 대신해 주는 사물이 바보만은 아닐 게다. 생활도구나 기계라는 사물들은 편리하게 일해 주면서도 바보처럼 가만히 있다. 사물 앞에 이르면 나도 바보가 되고 싶어 반기지만, 사물의 그 깊은 뜻을 전수 받기가 싫지만은 않다.

사물과 친해지지 않으면 나만 더 힘 든다. 사물과 같이 일을 할 땐 잘 통하지만, 때론 고장이 나서 내게 실망을 주기도 한다. 도통한 것처럼 모두를 초월하고, 만유법칙과 법칙에 순응하는 사물이면서도. 나는 언제쯤 사물처럼 내 할 일만 묵묵히 하면서 살아갈지 참 막막하기만 하다. 사물들에게 바보 수업이 완료되는 날에야 나도 사물처럼 바보가 되어 살아갈 수 있을까. 만약 이 세상에 사물이 없다면 나의 생을 이어갈 수가 없을 게다. 앉아 있으나 서 있으나 누워 있으나 사색을 하나 명상을 하고 있으나 잠을 자거나 깨어 있거나 즐겁거나 슬프거나 행복하거나 불행하거나, 어느 한순간이라도 내가 사물의 도움을 받지 않고 존재할 수가 있으랴, 순응만 하는 사물들이 참으로 고맙다. 그 사물들은 나와 제일 가까이 지내면서도 가장 고마운 존재이면서도 가장 소중한 존재다. 그런데도 그들의 고마움을 까맣게 잊고 있을 때가 정말 많다.

나는 사물에게서 세상을 배우며, 도움을 받으며, 고마움을 느끼며 살아간다. 내 주위에 항상 사물이 존재하고 있어서 고맙지만, 내가 그들을 항상 느끼고 있다는 게 더 행복하다는 생각이 든다. 내가 그들을 느끼지 못한다면 내 곁에 가장 가까이 있어도 없는 거나 마찬가지다. 언제 어디서나 순응만 하는 '사물 같은 사람'이 되어 보고 싶어 열심히 사물명상을 해 본다.

36

한 알의 콩

콩을 삶아 믹서에 갈려고 물에 담글 준비를 한다. 작은 종지기에 콩을 떠 담는 순간 콩알 하나가 휙 튀어 나간다. 또르르 소리를 내며 어디론가 감쪽같이 숨어버린다.

작디작은 콩알 하나가 자꾸만 내 마음을 휘둘러 댄다. 원숭이가 콩 한 움큼을 쥐고 나무 위로 오르다가 콩알 하나가 손아귀를 벗어나 땅바닥으로 떨어져 나갔다. 재빠르게 내려와 콩을 주워 올라왔지만 손안에 든 콩을 죄다 놓치고 말았다는 이야기가 떠오른다.

나도 작은 것 때문에 큰 걸 놓치며 살아 온 지난날이 많았을 거란 생각이 든다. 체중계 옆의 쓰레기통 뒤에 얌전히 숨어 있는 콩알을 찾아내 집어 올릴 때까지 콩에 얽힌 많은 생각들

이 머릿속을 스친다. 작디작은 이 콩알 하나는 삶겨서 믹서에
드르륵 갈린 후 내 뱃속으로 꿀꺽 넘어갈 것이다. 이 콩알 하
나가 내 뱃속에 들어가 얼마나 영향을 미칠까. 나의 뇌신경 네
트워크에 크든 미미하든 어떤 영향을 미칠 게 분명하다. 콩 속
에 들어 있는 비타민 B를 이루는 물질의 하나인 콜린과 레시
틴은 세포막의 삼투압 조절과 혈압조절과 신경전달 등등 여러
가지 일을 해낼 것이다.

많은 콩 속에서 튕겨져 나간 한 알의 콩은 1년의 365일에 비
유한다면 하루쯤 될지, 하루에서 1분, 1초 정도나 될지. 내가
8십년을 산다면 지금 이 콩알은 며칠, 몇 시간쯤에나 해당 될
까. 한 컵의 콩 속에 한 알쯤은 언뜻 대수롭잖게 생각할 수도
있겠지만, 하나씩 계속 집어낸다면 마지막엔 무엇이 남겠는가.

원숭이가 한 알의 콩을 쥐고 허탈해한 것처럼 지나간 세월
을 더듬어 보게 하고, 내 인생에 남아 있는 한 알의 콩 같은
짧은 시간들이 얼마나 소중한가를 깨우치게 해준 한 알의 콩
이 아닐지.

하루가 소중한 줄 알면서도 그 속에 담긴 콩알 같은 분초를
망각하기가 쉽다. 콩알 하나를 찾아내서 이런저런 생각을 해
보니 정말 기분이 상쾌하다. 쉬지 않고 다가오는 시간들 속에

들어 있는 한 순간의 콩알 하나를 소중히 하리라. 콩알 하나가 뱃속에 들어가 생리적 영향을 미치듯, 시시때때로 다가오는 콩알 같은 짧은 순간도 소중히 여겨야겠다. "곡식 낱알 하나라도 함부로 버리면 벌 받는다!" 어렸을 때 자주 들었던 어머님의 말씀이 이 작은 콩 한 알 앞에서 생생이 떠오르는 건 무엇 때문일까. 이젠 나도 어머니가 곡식 낱알을 귀중하게 여겨야 한다는, 그 뜻을 조금은 알 수 있는 나이가 된 모양이구나. 어머니는 작은 콩알 하나라도 소중히 여길 줄 아는 자식이 되길 간절히 바랐지만 일찍이 깨닫지 못한 건 한 알의 콩으로만 생각했던 내 잘못이 아니던가.

한 순간이 모여서 한 시간이 되고, 시간이 모여 하루와 일 년이 되는 것을 어머니는 곡식 낱알 하나를 통해서 내게 심어 주려고 애쓰신 것이다. '콩알 한 알 찾으려고 한 순간이나마 두리번거린 게 참 다행이죠, 어머니.' 이제야 어슴푸레하게 알 것 같습니다. 60억 이상의 사람이 살고 있는 지구다. 내 뱃속에 들어간 한 알의 콩처럼 조금의 영향이라도 미치고 나서 지구를 떠났으면 싶은 간절한 마음이다.

37

침묵언어 배우기

새벽산책길에 구멍가게 앞 철망 토끼집 앞에 쭈그려 앉습니다. 토끼를 보려고 먼 길을 외돌아 올 때도 있습니다. 하얀 옷에 빨간 눈망울이 참 신비감을 자아냅니다.

늦은 밤이나 이른 새벽 그 앞을 지나며 눈여겨봐도 토끼가 잠든 걸 한 번도 못 봤습니다. 산책을 잊은 채 토끼집 앞에 쪼그려 앉아 한참동안 바라보고 있습니다. 토끼의 침묵언어가 내 영혼을 흔들어 깨웁니다. 사물을 관조하다보면 사물의 또 다른 면이 하나둘 보이듯이 토끼도 그렇습니다. 우리는 서로의 눈을 맞추고 묵언대화를 시작합니다. 한참 시선을 마주하고 있다 보면 나도 토끼의 침묵언어를 깨닫는 견지에 이릅니다. 말을 잘한다는 건 말이 필요치 않을 때 말하지 않는 법.

발효가 덜된 언어는 절대로 내 놓아서는 안 된다고 토끼가 가
르쳐 줍니다. 남이 하는 꿀 발린 칭찬에 좀처럼 넘어가지 않던
사람도 자기가 자기에게 하는 칭찬엔 약해진다고 합니다.

남이 하는 칭찬이 꿀맛이라면, 자기가 자신에게 하는 칭찬
은 독약이다. 남의 비판에 귀 밝으면서도 자아비판을 모르는
이는 잠시도 입 다물지 않는 가축과 다를 바 없답니다.

토 선생은 남을 비판하는 말 함부로 하진 않겠지만 자신에
겐 자주 하리라 짐작됩니다. 침묵하기 싫으면 침묵보다 훨씬
좋은 말을 내놓으라고 경고도 합니다. 구두쇠가 되어야 한답
니다. 입의 구두쇠 말입니다. 가장 현명한 말은 입으로 하는
게 아니라 뜨거운 가슴으로 하랍니다. 종일 말하지 않은 이는
말 많이 한 이고, 말 많이 한 사람은 말하지 않은 이랍니다. 진
짜 소중한 말은 입 밖으로 내놓기가 참 어렵다고 합니다. 연인
사이나 존경하는 이 앞에서는 침묵으로 말하라고도 일러줍
니다. 입은 수도꼭지처럼 꼭꼭 잠가 말이 새지 않게 하고, 마
음은 활짝 열라고 합니다. 세상 모든 생물을 먹여 살리는 흙처
럼 침묵으로 자기 할 일만 하라고 토끼는 내게 침묵으로 말해
줍니다. 꿀꿀, 꼬꼬댁 꼬꼬, 멍멍멍, 야아웅, 음메 음메, 매애애
애, 구구구…….

시시때때로 고함 질러대는 가축들 꼴 보기 싫어 토끼님은 침묵하며 살기로 작정한 모양입니다. 정신 나간 사람이라 비난할지라도 토끼님을 스승으로 모시고 싶은 마음 간절합니다. 비슷하게 생겼다 싶어 침묵언어 가르쳤더니 완전히 습득하기도 전에 촐싹거리며 도망가서 한밤중에 찍찍거리고 돌아다니는 쥐는 침묵언어 설 배워서랍니다. 쥐처럼 설 배우려면 제자로 삼지 않을까봐 조바심나지만 성심껏 배워보려고 그의 앞에 앉아 사색과 명상의 눈 더 크게 뜨려고 안간힘씁니다. "토끼 제 방귀에 놀란다!"란 속담은 행동이나 말이 신중치 못하고 방정맞음을 비유해서 이르는 말입니다. 하필 입 무거운 토끼를 비유했을까. 아마 토끼세계에서 사람을 비유하는 속담이라면 딱 들어맞을 것 같습니다만. 토 선생을 뒤로 하고 산책길에 다시 나서며 새김질합니다. 내 입이 먼저 하고 싶은 말보다, 상대의 귀가 듣고 싶어 하는 말부터 하렵니다. 묵언교육 복습하며 염불하듯 중얼거리며 걷습니다.

"침묵보다 말 먼저 배운 게 참으로 한스럽습니다. 침묵언어 완벽하게 전수해 주소서. 토 스승님."

뒷모습 관상

"저 여자 정말 멋있다! 어쩜 저렇게 늘씬하냐?"

"뒷모습은 멋있지만 얼굴은 영 아니여."

"뒤만 보고 어떻게 알어?"

"야 인마, 내가 누구여. 생년월일만 보고도 코가 높은지, 눈이 짝짝인지를 다 아는 사람인데 현품을 보고도 모르냐? 수박장수가 쪼개보고 속을 아는 줄 알어?" 같이 가던 친구가 앞에 가는 롱다리 아가씨의 뒷모습을 보고 또 실험을 걸어온다. 관상 보는 게 무슨 죄라고 툭하면 실험을 하려고 눈빛을 번득이는 친구들이 있으니 이것도 맘 놓고 못해먹을 노릇이다. 종종걸음으로 여인을 앞질러 조심스레 확인을 하고 나서야 "히야, 귀신이네!" 이런 감탄을 끌어낸 뒤에야 나의 자존심은 조금 체면을 차릴 수 있었다. 얼굴은 화장으로 보충할 수 있지만 뒷모습은 감추기가 어려워 거짓말을 하기가 어려운 법이다. 해서 잘 아는 사람이 앞에 가고 있으면 먼 데서도 뒷모습만 보고 누군지 금방 알게 되는 것이다.

꾸부정한 등이 유난히 쓸쓸해 보이는 노인들은 얼굴을 보지 않아도 늙은 정도를 짐작할 수 있다. 그래서 화장한 앞의 얼굴보다 꾸미지 않은 뒷모습을 보는 것이 더 정확한 것이다. 인간은 남의 앞에 이르면 약간의 위선으로 감싸지만 뒤에서는 진실한 행동을 한다. 그래서 "남을 평가하려면 관 뚜껑을 덮은 뒤에 하라."는 말이 있다. 이는 그 사람의 뒷모습을 보라는 의미다. 죽은 뒤에 평가한다는 것은 철저하게 뒷모습을 관찰하라는 의미이다. 꾸부정한 뒷모습, 활기차 보이는 뒷모습, 꿋꿋하고 용기 있어 보이는 뒷모습 등은 각각 자기의 현실 표현인 셈이다. 우리는 흔히 대인관계에서 화장한 얼굴보다 거짓 없는 뒷모습을 소홀하게 여기는 경향이 많다. 관상학적으로 보면 뒷모습의 자태가 당당하고 씩씩해 보이는 사람은 얼굴도 생기가 넘친다. 반면 의기소침할 때의 뒷모습은 풀이 꺾여 어딘가 쓸쓸함을 더해준다. 나는 이따금씩 찾아오는 고객을 배웅하면서 그 사람의 뒷모습을 유심히 관찰해 본다. 긍정적인 희망을 보듬고 가는가, 실망을 털지 못하고 고개가 꺾여서 가는가를 알아본다. 후 진찰을 한 번 더 해보고 전화를 해주기도 한다.

"당신, 가끔 목적지가 아닌 엉뚱한 곳으로 가다가 깜짝 놀랄 때가 있죠?"

"아니 어떻게 그럴 아세요?" 처음 방문한 고객과 차를 마시기 위해 밖으로 나가다가 그의 뒷모습을 보고 이렇게 얘기하니 나더러 뒤에서 보고도 어떻게 그렇게 잘 아느냐고 묻는 거였다. 대개 골똘히 생각을 하거나 공상을 좋아하는 사람의 뒷모습은 꾸부정하고 밑으로 처지는 걸음이며 힘이 없어 보인다. 걸으면서 노출시키는 뒷모습에 신경을 쓰는 것도 처세의 한 방편이다. 나는 걸음이 늙지 말아야겠다고 늘 곧추세워 걸으려고 애를 쓴다. 거짓을 섞어서 꾸며 내놓는 앞모습보다 화장하지 않는 뒷모습에도 신경을 더 많이 쓰는 게 진솔하게 사는 한 방법이 아닐까 싶다. 여든여섯 살에 돌아가신 외숙께서는 늘 걸음걸이가 반듯하셨다. 뒤에서 보면 20대의 젊은이를 연상케 했다. 세상을 올곧게 살아오신 게 그 걸음걸이 속에서도 보였다.

곧고 바르게 걷는 것은 뒷모습이 보기도 좋지만 인생을 곧

게 사는 것과도 일맥상통하는 것이라고 믿으면서 살고 싶다.
바르게 걷는다는 건 부정할 수 없는 뒷모습 관상이기도 하다.

39

몸과 맘 빨기

"히히히히! 허허허허!"

웃는 건지, 청중 없는 연설을 하는 건지, 상대 없이 싸우는 건지, 세상을 비웃는 건지, 아무리 생각해 봐도 진의를 알 수가 없다. 무슨 한이 많아 새벽부터 길에서 웃다가, 화내다가, 소릴 질러대는 걸까. 입고 있는 시커먼 옷이 한여름 지내기가 무척 힘들 텐데. 새벽부터 부지런한 것인지, 일하기 싫어서 노숙인이 된 건지 알 수가 없다. 가던 길을 멈추고 떠들어 대는 소리를 듣는다. 철학적인 언어 같기도 하다. 산발한 머리는 태풍에 휩쓸리는 풀밭처럼 난삽하게 헝클어졌다. 감지 않아 무척이나 가려울 텐데도 용케도 잘 지낸다.

조금 전 집을 나서며 어제 신다 벗어 둔 양말을 세탁기에 주섬주섬 우겨넣던 게 생각난다. 종일 발을 감쌌던 양말을 만지려니 더러운 게 손에 닿는 것 같아 움칠했다. 세탁기에서 빨아지면 언제 그랬냐 싶게 아무렇지도 않게 만진다.

신던 양말처럼 노숙인도 깨끗이 좀 빨아주고 싶은 생각이 불시에 든다. 몸뚱이를 하루 종일 짊어지고 다니는 발을 감싸준 양말을 고맙다는 생각은커녕 냄새가 역겹다고 휙 집어던지며 외면한다. 조그마한 구멍이 뚫리면 미련 없이 버린다. 옷이 조금이라도 해지면 걸레로 사용하거나 더러워진 계단을 닦기도 하는데 양말 떨어진 건 재사용할 곳이 썩 마땅찮다. 간혹 외출할 때 구두를 닦는다. 노숙을 하면서 정신없이 지껄여대는 저분도 한때는 가정에서, 부모에게, 식구들에게서 따뜻한 사랑도 받았을 것이다. 가족의 소중한 역할도 했을 게다. 악취 나는 양말을 빨듯 저분의 몸과 마음을 깨끗이 빨아 줄 수만 있다면 얼마나 좋을까 싶은 생각이, 새벽 산책길 내내 떠나질 않는 건 왜일까. 복덕방 할아버지 부부와 마주친다. 새벽부터 산책을 가시는 모양이다.

여든이 훌쩍 넘으신 나이인데도 신문이나 책을 항상 끼고 사신다는 말을 들었던 터라 존경의 마음으로 인사를 한다. 육체는 많이 늙어서 젊은 사람 같지는 못할지라도 정신력이 대단한 분이다. 악취가 풍기는 양말을 빨듯, 할아버지는 독서를 통해서 마음과 정신을 매일 빨기 때문일 게다. 세상살이에 시달리다 보면 더러운 때가 묻기 마련이다. 양말을 신고 나면 악취가 풍기듯 말이다.

내가 지금까지 살아오면서 하지 말아야 할 짓, 인간이 해야 할 일을 외면했거나, 오염된 생각들, 그릇된 행동을 얼마나 많이 했을까 되새겨본다. 하루 신은 양말보다 더 악취가 나는 것 같다.

종묘 담 밑에 꽃들이 나를 부른다. 걸음을 멈추고 쭈그려 앉는다. 비비추 꽃이 시들었다. 봉숭아꽃도 시들어서 땅바닥에서 말라가고 있다. 지는 꽃이 아름답다는 생각이 떠오른다. 꽃은 열매에게 양보하며 지는 경우도 많다. 꽃이 지는 건 오늘의 화려함을 내일의 결실을 위한 아름다운 희생이리라. 떨어진 봉숭아꽃을 주워보니 완전히 시들어 버렸다.

손을 탁탁 털고 일어선다. 등이 굽은 노부부의 등이 멀어져 가고 있다. 쓸쓸함이 묻어있다. 복덕방을 방문하면 할아버지는 언제나 책을 읽거나 버려진 종이에 글씨를 쓰고 계신다. 신던 양말을 매일 빨듯 몸과 마음이 녹슬지 않게 하는 일이 할아버지가 말하시는 공부가 아닌가 싶다.

40

젊음욕하기

"젊음욕이나 하게 대학로나 홍대거리로 가자고."내 말이 떨어지기도 전에 의아하게 쳐다본다. "왜 젊은 사람들을 욕을 해!"

간혹 시간이 없더라도 젊음욕을 하기 위해 젊은이들이 북적대는 곳을 일부러 짬을 내서 한 번씩 들리곤 한다. 거리에는 젊은이들이 팔짱을 끼고 걸어간다. 남녀가 찰싹 붙어서 깔깔대는 젊은이들이 정말 발랄하고 보기 좋다. 마치 강풍이라도 불어와서 날려 버릴까 싶은지 야무지게 바짝 붙잡고 걷는다.

팔을 붙잡고 걸어 다니는 것도 젊음만이 누릴 수 있는 특권이고 즐거움이고 행복인 듯싶다. 노인들이 그런 꼴로 걸어 다닌다면 별로 좋게 보이지는 않을 것 같다.

생기발랄한 젊은이들을 보며 욕(浴)이나 실컷 하자는 의도다. 곁에 있는 사람이 젊은이들의 꼴을 보고 욕(辱)이나 하자는 게 아닌가 싶어 의아해했던 것이다. 산림욕(山林浴)이란 말이 있다.

나무는 '피톤치드(phytoncide)'라는 휘발성 물질을 배출한다. 이 물질이 공중에 떠도는 공기 중에 들어 있는 미생물을 제거한다는 과학적인 실험보고가 있다.

이 물질은 겨울보다 여름에 많다. 또한 밤보다 낮에 많이 분출한다. 잠잠한 날보다 바람이 불어서 나뭇가지나 잎이 서로 비벼질 때에 더 많이 배출된다고 한다. 숲속에 가 있으면 금방 시원한 느낌이 들고 곧 바로 맑은 공기를 느끼게 되는 것도 이 물질이 나무에서 분출하기 때문이다. 사람들은 나무숲이 있는 곳에 가서 시원하게 지내는 것을 삼림욕이라고 한다. 이같이 신선하고 깨끗한 공기를 마시며 건전한 정신과 튼튼한 몸을 유지하려는 것이 삼림욕의 목적인 것이다.

산림이 우거진 숲에서 산림욕을 하면 금방 시원해지듯이 젊은이들이 북적대는 곳에 같이 휩싸이다 보면 금방 발랄함이 전염된다. 젊은이들 행동 하나하나를 유심히 보고 있노라면 우습기도 하고, 즐겁기도 하며 금방 생기가 감염된다.

젊은이들이 입고 다니는 옷도 나이 든 사람들이 감히 상상하지 못 할 정도로 개성적이다. 젊은이들 속에 끼어서 숨 쉬며 젊음욕을 하다 보니 어떤 친구가 했던 말이 생각난다.

"요즘 애들 도통 이해를 하려고 해도 이해가 안 된다니까."

머리를 노랗게, 파랗게 물들여가지고 다니는 꼴도 보기 싫지만 코가 큰 서양 사람과 손잡고 다니는 꼴을 보면 눈에서 쌍심지가 선다는 것이다. 만약 자기 아들딸이 그런 꼴을 하고 다니면 당장에라도 다리몽둥이를 부러트려 놓을 기세로 침을 튀기며 말하는 거였다.

"애들은 일시적으로 유행을 좇다가 금방 그만 둬, 걱정도 팔자네."

노랑머리든 빨강머리든 그냥 두라고 말을 하고 말았지만 답답한 생각이 든다.

억세게 유행하던 빨강, 파랑머리는 이젠 볼 수가 없이 사라져 버렸다. 그야말로 밀물처럼 밀려왔다가 썰물처럼 빠져나가 버린 일시적인 유행이었던 것이다. 유행을 앞서서 달릴 수 있는 것도 젊은이들의 특권이 아니겠는가. 아무리 유행이 극성을 부린대도 언제 그랬느냐 싶게 흔적도 남기지 않기도 한다.

그래도 나는 젊은이들 곁으로 가고 싶다. '근묵자흑(近墨者黑)'
라 했지. 젊음욕(靑年浴)을 하면서 보다 더 젊음을 배우고 싶
어서다.

41

지갑과 마음의 다툼

잠이 덜 깬 새벽 골목길을 걷는다.

전봇대도 잔다. 고색창연한 종묘 담장도 단잠에 취해있다. 사위가 침묵이다. 은행나무와 느티나무 가로수도 미동도 없이 명상에 젖어있다. 종묘 숲에서 일찍 깨어난 새들이 짹짹거리며 침묵을 흔들어 깨운다. 나는 걷기명상을 하고 있다. 조그마한 검은 물체가 눈에 띈다. 지갑 같다. 도톰하게 보인다. '주워서 펴볼까?' 나는 지갑 곁으로 다가 가다말고 발길을 되돌린다. '나와 아무런 상관없는 물건인데 왜 신경을 쓰니?' 마음을 추스른다. 다시 걷기명상으로 마음을 다잡는다. 몸은 몇 발자국 더 나가고 있다. 마음은 자꾸 꾸물댄다. 지갑 떨어져 있는 데서 멈칫거리고 따라오질 않는다. 의식적으로 고개를 절레절레 흔든다. 걷기명상을 계속 하자고 마음을 불러들이려 애쓰지만 오질 않는다.

돈이 든 지갑을 주워서 주인을 찾아 줬다던 친구의 얼굴이 떠오른다. '저 지갑도 누군가가 주워서 주인에게 돌려주겠지. 내가 먼저 봤다고 꼭 내가 해야 할 일은 아니잖은가. 아니지, 누군가도 나처럼 이런 생각을 하면서 지나갈지도 모르겠다.' 입속으로 뇌까리며 걷는다. 겨우 내 안으로 들어온 마음이 또 이상해진다. 자꾸 지갑 쪽으로 나가려고 요동친다. 새벽 걷기명상이 제자리를 못 잡는다. '참으로 간사한 녀석이 내 마음이구나!' 뭣 때문에 주인 말도 안 듣고 막되게 흔들어대는 녀석이 내 안에 있단 말인가. 차라리 길가에 떨어진 물건을 보지 못했더라면 좋았으련만. '아니야, 그것이 누구 것인지 모르지만 큰돈이라도 있으면 주워서 임자를 찾아주면 좋잖아. 허허, 네 것이 아닌데 찾아 주고 말고가 뭐야. 그냥가자. 지금 나를 흔드는 게 돈이냐, 내 마음이냐. 애매하구나.' 양심적으로 산다고 큰소리치는 사람은 지금처럼 많은 돈이 떨어져 있어도 흔들리지 않을까. 길바닥에 떨어진 지갑이 걷기명상을 일순간에 흔들어 버리는 요술을 부린다. 애당초 내 것이었으면 이렇지는 않을 것이다. 남의 것이기에 마음이 혼란스러운 게 아닌가. 남의 지갑을 보고 갈등하는 이 새벽, 자식들 얼굴이 불현듯 떠오르는 건 왜? 돈 빨리 벌고 싶은 자식들이 길바닥에 많은 돈이 떨어져 있었다면 어떨까 싶어 걱정이 앞서는 건 왜일까.

잡동사니 생각들이 지갑과 돈으로 쏠린다. 아무리 좋은 돈이라도 병균과 세균이 우글거리는 거라고 한두 번쯤 생각해보면 어떨까. 내게 관상을 보러왔던 아주머니의 아들이 공중전화박스에서 수표를 주웠다. 가난에 찌든 분이라 수표를 사용하고 나서 경찰에 불려가서 곤욕을 치른 이야기를 듣고 있을 땐 참 안쓰러웠다.

"사흘 굶어 도둑질 안 할 사람 없다."란 속담 앞에서 어떤 사람은 그게 어디 사람 나름이지 굶는다고 다 도둑질을 하느냐고 말하기도 한다. 돈의 유혹을 뿌리치는 건 말로는 썩 쉽다. 앞에 닥치면 여러 가지 생각이 들 수 있겠단 생각이 든다. '어쩌자고 걷기명상 하는 새벽길에 하찮은 지갑 하나가 이렇게 방해를 한단 말인가' 새벽마다 하는 걷기명상이 오늘은 엉망진창이 되어버린 느낌이다. '마음을 흔들어대는 지갑이 참 대단하다. 아니, 내 마음이 대단치 못한 녀석이겠지.'

결혼식이 뭐 그래!

결혼식에 참석한 하객은 신부의 어머님과 오빠와 남동생, 신랑의 부모와 남동생 내외, 누이와 고모님이다. 신랑신부를 제외하고 하객이 9명. 삼천각이란 음식점. 작은 병풍이 쳐지고 탁자 앞에 마이크가 설치됐다. 탁자 앞에 식순을 적은 메모지가 각각 놓여있다.

사회를 맡은 신랑의 동생이 양가의 가족을 모신 가운데 결혼식을 올리겠다는 멘트가 시작된다. 신랑신부 어머님께서 청홍촛대에 각각 촛불을 켠다. 사회자의 호명에 따라 양가의 가족 소개를 한다. 양가의 대표께서 결혼승낙과 축하의 말. 먼저 신부의 어머님께서 축하의 말씀을 하면서 멋진 '사랑' 시를 지어서 낭독한다. 봄날에 꽃이 화사하게 피어나듯 '사랑'시 낭독은 참 감동적이다. 사랑의 아지랑이가 피어올라 식장의 분위기가 한층 따뜻하다.

신랑 아버지인 나는 단상으로 가는 중 갑자기 어렸을 때 기억이 떠오른다. 아마 10살 안팎이었을 게다. 집안의 장가드는 신랑에게 한복을 입히며 당부하는 소리를 엿들었다. "오늘은 어떤 윗사람을 만나도 절대로 인사를 하거나 고개를 숙여서는 안 된다." 어르신에게 그 이유를 물어 봤다. "어린 녀석이 뭘 알고 싶어서 그래." 이렇게 말씀하시는 어르신의 뒤를 쫄쫄 따라다니며 귀찮게 물어봤다. "허허, 저리 가거라!" 어려서부터 호기심을 못 참는 나는 계속 귀찮게 따라다녔다. "허어 그놈 참, 여기 앉거라. 꼭 알고 싶냐?"

"네에."

"오늘은 신랑이 태어나서 가장 처음 맞는 젤 좋은 날이란다. 어느 누구보다도 더 높은 신랑의 날이라서 그런 게야."

단상으로 걸어간 나는 "오늘은 신랑신부의 날이니 아버지로서가 아닌 한 자연인으로서 신랑신부께 식이 끝날 때까지 존칭어를 쓰겠습니다. 신랑신부에게 두 가지만 부탁합니다.

생물이나 무생물이나 하찮은 세균이나 미생물까지도 우주 자연의 커다란 '인연'이란 그물에 걸려 있다는 걸 벗어날 수가 없습니다. 흔히들 악연이 있고, 선연이 있다고 합니다만 그렇지 않다고 봅니다. 본래의 인연을 사람이 잘못 가꿔서 ‘악연’을 만들고, 잘 가꾸어 ‘선연’을 만든다는 것을 신랑신부는 명심하십시오. 오늘의 인연을 앞으로 ‘선연’으로 잘 가꾸어 나가기를 부탁합니다.

두 번째로 항간에 ‘처음처럼’이란 말을 즐겨 합니다만, ‘처음처럼’은 절대로 하지 마십시오. 화분에 채소 씨앗 하나를 심어 자라는 걸 관찰해 보세요. ‘처음처럼’이란 자라지 못하고 가만히 있는 것입니다. ‘처음처럼’은 퇴화하고 타성에 젖어 전혀 발전이 없는 것입니다. 어제보다 오늘이, 오늘보다 내일이, 금년보다 내년이 점점 발전하고 자라게 해야 할 것입니다. 신랑신부는 ‘처음처럼’이 아닌 점점 자라는 마음으로 ‘처음처럼’을 과감하게 버리면서 인생항로를 개척하길 간절히 바랍니다.” 양가 대표의 결혼승낙과 축사가 끝난다.

신랑신부는 경건한 마음으로 정중하게 맞절을 한다. 신랑신부가 정성스럽게 써온 결혼서약 겸 맹세문을 양가의 가족 앞에서 경건한 마음으로 낭독하라는 사회자의 멘트. 신부가 신랑에게 다짐과 결심, 신랑이 신부에게 다짐과 계획을 번갈아 읽고서 가족 앞에서 서명 사인한다.

신랑신부는 사랑의 증표인 예물교환으로 반지를 서로 끼워 준다. 양가의 대표가 단상으로 나가 혼인선언문을 낭독하고 결혼이 성립됨을 양가의 가족 앞에서 서명 사인한다.

축하케이크 커팅이 끝나고 샴페인을 터트리며 사회자의 선창으로 "오늘 이 결혼이 원만하게 성립된 것을 축하합니다!" 가족들은 환호하며 '신랑신부의 앞날을 위하여' 축배를 든다. 양가의 가족 기념 촬영을 진행한다. 식이 진행되는 동안 사진사는 계속 사진을 찍는다.

사회자가 "양가의 가족이 모인 가운데서 성스러운 결혼식을 마치겠습니다! 다 같이 신랑신부 앞날을 위해서 힘찬 축하박수를 아낌없이 보냅시다." 한다. 모두 자리에서 일어나 환호의 축하 박수를 한참 동안 보낸다. 양가 가족들은 코스 요리가 나오는 동안 화기애애한 정담을 나눈다. 한 시간이 훨씬 넘어서야 결혼식이 끝났다.

삼천각의 길 양쪽으로 자잘한 전깃불의 꽃이 크리스마스 트리를 방불케 한다. "밤에 결혼하니 이런 아름다움도 추가로 맛보네!" 나는 철이 없이 자꾸 말을 하고 싶어진다. 사진사에게 오늘 결혼식이 어땠는지 은밀하게 물어본다. "정말 처음 보는 이 결혼식이 너무너무 멋집니다. 비디오촬영을 해서

뉴스에 냈으면 싶은 생각이 듭니다.”

신부는 직장에 근무를 하고 나서 저녁에 평복으로 결혼식을 했지만 피곤한 기색이 없어 밝은 표정의 분위기를 한층 돋아준다. 변호사로서 로펌 회사에서 근무하는 피곤함도 다 잊고 사회적 체면도 아름답게 소화시켜준 아들 며느리가 정말 고맙다.

의미 있는 결혼식만큼 앞날이 환해질 것을 간절히 기도하면서 끝마친다. ‘사회의 시시비비를 가리는 변호사인 신랑신부가 인생살이 역시 올곧게 가려가면서 살았으면 참 좋겠다.’ 나는 속으로 흥얼거린다. 예단도 함도 생략한 게 더 좋다. 나를 아는 이들이 “결혼식이 뭐 그래!” 할지라도 연상 흥이 나는 걸 어쩌랴.

43

화장(火葬)과 매장(埋葬)

죽으면 절대로 불에 태우지 말라고 당부한다. 자식들은 어머니의 깊은 사연을 헤아리지 못하고 일찍 가신 아버지 곁에 묻어드리겠다고만 대답한다. 몇 년 전에 교통사고로 아들이 죽은 어머니다. 오륙 년이 지나서 아들 묘지가 도시 계획에 편입된 것이다. 화장을 하려고 아들 시신을 파냈다. 아직 탈골이 되지 않고 이만 어긋나 있는 자식을 다시 보는 순간 아물어 가는 상처를 다시 긁는 심정이었다. 키우던 개가 죽거나 집을 나가도 무척이나 섭섭한데 자식 앞세운 어머니의 마음을 짐작이야 하겠는가.

난 죽으며 화장해서 산에 골고루 뿌리라고 자식들에게 자주 일러둔 터라 사후에 망설임은 없을 게다. 마음의 여유가 생기면 평소에 자주 오르던 관악산 아무 나무 밑에나 재 한 줌 묻어달라는 건 어쩔까 싶다가도 그만 두기로 한다. 땅속에 꼭꼭 눌려서 잘 썩지도 못하고 갇혀 있기보다야 단번에 화장해버리는 게 더 나을 것 같다. 빌려서 사용하던 육신은 어차피 미생물들의 양식이 될 텐데 미련을 가질 게 뭐람. 결국 한 점의 먼지로 변하고 말 것이 아닌가.

수십 년 동안 빌려 쓰던 걸 자연에게 되돌려 주면 그만이지, 무슨 미련으로 썩어가는 몸뚱이까지 내 소유라고 자식들에게 부탁까지 할 필요가 있겠는가. 자식의 시신을 불태우는 걸 보고 나서 죽은 후에 화장을 절대로 하지 말라고 당부하는 그 어머니의 심정은 이해가 가지만 말이다. 사람이 죽은 후 썩지 않고 그대로 간직한 채 굳어져버린 화석은 갑작스런 화산 폭발로 미처 피하지도 못하고 캡슐화 되어 버린 경우다. 갑자기 화산이 폭발하면서 뿜어져 나온 엄청난 화산재와 뜨거운 용암으로 인해 사람이 살아남는 건 고사하고 시신의 형태마저 알아 볼 수 없게 되어버린다. 폼페이 화산 폭발 유적에서 발견된 시신들은 표정까지 생생하게 살아있는 것 같다니 참으로 신기한 일이다.

이유로는 먼저 시신들이 공기와 거의 접촉하지 않았다는

점을 과학자들은 추론한다. 화산재가 순식간에 모든 것을 덮어버렸기 때문에 대기 중에 떠돌아다니는 미생물들이 시신을 분해할 기회조차 갖지 못한 것이다. 아울러 뜨거운 화산재와 고열의 유독가스가 사람 몸속에 있던 미생물까지도 순식간에 말살해버려 시신의 부패를 막을 수 있었던 것이다. 베수비오 화산이 용암을 내뿜는 화산이 아니고 폭발 형 화산이었기에 가능했다고 한다.

오랜 세월이 흘러 화산재 속에서 내부는 삭아 버렸지만 표피만큼은 화산재와 사람의 몸을 구분하는 경계처럼 남아서 생생한 현장을 지금까지 전하고 있다.

폼페이 화산재 현장에서 수천 년 동안 사람 형태를 지니고 있다고 해서 온전한 사람이겠는가. 독재자의 시신을 방수처리해서 본래 모습의 형태대로 보존하고 있는 나라도 있다지만 어찌 그게 온전한 사람이겠는가. 숨을 쉬는 현실일 때만 사람이다.

미완성으로 태어난 인간이 죽음이 임박한 노인이 될 때까지 산다고 해서 완성이 있겠는가. 죽은 후에 화장하거나 그냥 땅 속에 묻는 게 특별히 다를 게 뭐가 있겠는가. 자손들이 부모의 시신을 정성껏 지킨들 또 무슨 각별한 의미가 있

을까. 죽은 후, 단박에 태워서 깊은 산골에 훨훨 날려 보내면
내 영혼이 더 활발해질 것 같은 생각이 자꾸 든다.

44

소의 비명소리

초등학교 다닐 때는 아침 일찍 일어나 소를 몰고 들판으로 나가곤 했다. 풀을 먹이다가 아침식사 때가 되면 소고삐를 나무에 묶어 놓고 집으로 온다. 학교가 끝나는 오후면 다시 소에게로 간다. 소를 기르는 집 아이들의 봄부터 가을까지의 일과다. 소가 주인성질을 닮는다는 것도 이즈음에 체험했다.

코뚜레에 꿰여 끄는 대로 따르는지라 은연중에 주인 성질을 닮는 모양이다. 우리 소는 몹시 건들거리는 성격이었다. 산에다 풀어 놓으면 소도 아이들처럼 몰려다닌다. 앞잡이는 항상 우리 소다. 엉뚱한 곳으로 도망가거나, 논밭으로 내려와 곡식을 뜯어먹는 등 말썽을 피워대는 소가 자발없이 촐싹대는 나의 어린 시절을 영락없이 반영했던 모양이다. 소가 새끼를 낳는 것도 여러 번 봤다. 순조롭게 낳을 때도 있지만 난산으로 애태운 적도 많다. 새끼를 낳은 후 태반을 어미 소가 훌훌 먹어 치운다. 혹시 새끼까지 먹을까봐 난 조바심이 났다. 어른이 돼서야 미련한 줄로만 알았던 소가 생리학적으로 훌륭한 지혜를 지닌 동물이란 걸 알게 됐다. 단백질 덩어리인 태반을 먹으면 산후 건강회복엔 그만일 게다. 새끼를 낳고 태반을 다 낳지 못하면 아버지는 걱정하셨다. 태반을 먹어야만 다음번에 새끼를 낳을 수 있다며 왼새끼를 꼬아서 양쪽 끝에 신을 한 짝씩 묶어 소의 등에다 걸쳐 준다. "아빠, 왜 그래?" 속 시원한 대답이 없지만 그 방술 때문인지 금방 태반을 낳는다.

소는 삼킨 음식물을 혹위에서 섞고, 박테리아의 작용으로 먹이를 분해하여 다시 입으로 보내는 반추 운동을 한다는 것쯤 누구나 아는 일이다. 혹위엔 각종 미생물들이 공생하면서 혐기적인 조건에서 단순 다당류의 하나인 셀룰로오스를 포도당이나 셀로비오스를 비롯한 단당류나 이당류로 분해시켜준다. 이것을 다시 초산이 낙산과 프로피온산 등과 같은 유기산과 이산화탄소나 메탄가스를 발효시킨다. 두 번째의 벌집위에서는 수축과 이완운동을 통해 혹위로부터 내용

물을 빨아들여서 뭉쳐서 다시 혹위로 보내는 작업을 되풀이
한다. 이렇게 잘 씹혀진 내용물은 겹주름위에 옮겨져 가늘게
부서진 후 주름위로 다시 이동한다. 여기에서 위액이 분비되
어 소화가 된다. 어미 소는 새끼가 갓 태어나면 되새김질에
필요한 미생물들이 정착되어 있지 않다는 걸 잘 알고 새끼
에게 많은 양의 미생물이 섞인 침을 흘려준다. 소화제를 주
는 셈이다. 젖을 빨려고 뒤쪽으로 돌아서려는 송아지에게 침
을 흘리면서 입 맞추는 걸 보고 새끼를 너무 사랑해서인 줄
로만 알았다. 단순히 본능이기에 앞서 자손을 이어가는 생존
법칙의 과학으로 생각 된다. 오랫동안 답습해온 과학적인 행
동을 인간은 단순한 본능으로만 치부하기엔 민망한 생각이
앞선다. 소의 지혜로운 행동에 감탄이 절로 나온다. 갓 태어
난 자식에게 침을 흘려 넣으며 입맞춤 하는 행위가 인간이
해석할 수 없는 신비한 비밀인 듯싶다. 아둔한 사람을 일러
미련한 소 같다고 한다. 약삭빠른 인간들이 설쳐 대는 세태
에 자주 듣는 말이다.

죽으면서 인간에게 살덩이를 제공하는 소에게 나는 무슨
생각을 하며 살아왔던가. 애완용 개는 사람을 실컷 부려먹다
가 떠난다. 예부터 소는 사람의 일을 대신하며 살아왔다. 요

즘에야 짐 나르고 논밭 갈아 주는 일은 없겠지만. 소처럼 우
직하게 살다가 다른 생명에게 이로움을 남겨주고 갔으면 싶
어 어릴 적에 소와 친히 지내던 때를 한참 동안 되새김질한
다. 소의 아우성이 고막을 울린다. 마음이 착잡하다. 구제역
이다 뭐다해서 전국에 있는 소들이 죽어가면서 질러 대는 비
명소리가 자꾸 내 가슴팍을 후벼 파는 것만 같아서.

45

우주와 먼지 하나

"그 새끼 딱 잘라버리면 되잖아."

"이제부턴 만나지 말란 말야."

"그깟 놈한테 아쉬운 소리할 게 뭐 있어."

"그 씨끼 안 만난다고 아쉬울 거 하나도 없어." "고따위 놈 다시는 안 보는 게 속 편해."

옆 술좌석에서 떠들어대는 소리다. 금방이라도 내게로 날아와 박힐 것 같은 날 선 말소리가 섬뜩하다. 술 취해 불그레한 얼굴들에서 뿜어내는 말소리로 봐선 단단히 잘못을 저지른 사람인 모양이다. 인간관계가 저렇게 매정하게 끊어질까. 의존적 연기 관계에 걸려 있는 사람 사이를. 인간뿐 아니라 삼라만상이 홀로 존재하기 힘든 일이 아닌가. 지금 내 앞에 놓인 막걸리 잔을 한참 관조한다. 막걸리란 술이 없었다면 막걸리 잔이 존재할 수 있겠는가.

내 앞에 있는 막걸리는 누가 만들었을까. 수많은 경로를 거쳐서 여기까지 온 것이다. 나와 연결된 보이지 않는 어떤 줄을 타고 온 것이다. 내가 지금 친구와 앉아 있는 것도, 여기에 있는 많은 사람들도, 시끄럽게 떠들어 대는 소리들 모두가 보이지 않는 우주라는 거대한 그물망에 걸려 있단 생각이 든다. 하나 속에 전체가, 전체 속에 하나가 들어 있는 게 느껴진다.

지금 나는 술잔을 들고 마실 준비를 한다. 심호흡을 해 본다. 술집 안에 고루 퍼져 있는 공기를 의식하며 들이마셔 본다. 어떤 틈새도 비지 않고 꽉 차 있는 공기다. 모든 게 서로서로 얽혀 있는 게 보인다. 마시면서도, 보면서도, 똑바로 보지 못하는 공기를 쉼 없이 마시고 있는 중이다. 이 모든 것들 중에서 어느 것 하나 뚝 잘라 내 것이라 할 수 있겠는가. 핏대 올려 따돌림에 열중인 이들의 내장으로 들어갔던 공기가 다시 내 안으로 들어오고 있다. 아인슈타인과 히틀러, 조선조 태조임금이 마셨다가 토해 놓은 공기를 내가 지금 마시고 있는 중이다.

"김 형, 잔 안 들고 뭘 그리 골똘히 생각하고 있어?"

"아, 아니, 그게 그, 그냥."

모질게도 관계를 끊겠다고 떠드는 사람들의 말소리를 듣다가 또 엉뚱하게도 멀리까지 내 공상이 날아다닌다. 사람끼리는 당분간 만나지 않을 수는 있겠지만, 얽히고설킨 그물망을 단박에 끊거나 영원히 멀리할 수는 어려울 게다. 같은 우주 안에서 같은 공기를 먹으면서. 사물이나 인간이 우주의 그물코에 걸려 있는 것을 어찌 벗어나겠는가. 나도 지금까지 일시적으로 끊어졌다가 다시 이어졌다가를 반복하면서 그물망을 벗어나지 못하고 살아온 게 아닌가. 오는 인연 막지 말아야 하리. 가는 인연 잡지도 말아야 하리.

오면 오는 대로 가면 가는 대로, 공기처럼 있는 듯 없는 듯 살면 참 좋겠다. 술집엔 사람들이 여전히 떠들고 있다. 커다란 그물망에 걸려서 허우적댄다. 끊으려고도, 잡으려고도 말고 그냥 공기처럼 놓아두고 살고 싶다.

나는 지금까지 우주 그물망을 찢으려고, 이으려고 얼마나 애를 쓰며 살아왔던가.

'일미진중 함 시방세계'(一微塵中含十方世界)라고 했던가. 먼지 하나 속에 천지사방 우주가 들어있다고 했다. 나도 너도

우리도 다 함께 하나 속에 있다. 관계를 끊는다. 다시는 안
만난다는 말들, 지금부터선 내 뇌리에서 쏙 빼내 버리리라.

46

세월 훔치는 도둑

전동차가 정차하는 순간 사람들이 일시에 웅성거린다. 한 여인이 얼굴이 사색이다. 가방을 따고 지갑을 훔쳐갔다. 전철 안의 사람들은 양동이의 물처럼 순식간에 출렁거리며 긴장감에 휩싸인다.

여인이 잃어버린 게 어찌 돈과 지갑뿐이겠는가. 마음과 정신까지도 잃은 게 아닌지. 잃은 액수보다 마음에 흠집이 적었으면 싶어 안쓰럽고 짠한 생각이 자꾸 든다. 여인은 아침에 집을 나서면서 아이들에게 백화점에 가서 예쁜 옷과 장난감을 사다주겠단 약속을 했을지도 모르겠다. 무정하게도 도둑손이 아이들의 즐거움도 훔쳐 가버렸다. 남편이 사준 고급지갑 속에 묻은 아내 사랑의 정까지 앗아갔다. 어느 도둑이 예고하고 훔치러 오겠는가마는 순식간에 당한 일이다. 남을 사색으로 만들어 놓고 도둑은 회심의 미소를 지으며 도망갔을까? 일순간에 평화로운 얼굴을 울상으로 만들어 놓고 희희낙락하며 사라진 도둑이 정말 괘씸하다. 순식간에 허탈해진 여인의 얼굴을 더 이상 볼 수가 없어 고개를 돌린다. 정신과 마음과 기쁨과 저녁에 가족끼리 맛보아야 할 행복감까지 송두리째 훔쳐 가버린 도둑의 심보는 도대체 어떻게 생겼을까. 물건처럼 볼 수가 있다면 까놓고 좀 봤으면 좋겠다.

나는 전동차의 손잡이를 잡고 지그시 눈을 감는다. 생각에 생각의 꼬리를 물고 줄을 짓는다. 빼앗긴 이가 무슨 죄랴. 남의 물건을 훔치는 일을 업으로 삼는 이가 왜 이 세상에 태어났을까. 살다 보면 빼앗기고 도둑맞은 게 많을 거란 생각까지 든다. 나는 지금까지 살아오면서 빼앗기거나 도둑맞은 게 얼마나 될지 헤아려본다. 물건보다 마음이나 정신을 더 많이 빼앗긴 것 같다. 별 가치도 없는 일한테 시간을 빼앗긴 적도 많다. 달콤한 유혹한테 인격을 빼앗긴 적도 더러 있다. 내가 무언가를 빼앗기기 위해 이 세상에 온 건 아닌가 싶다. 지금까지 참으로 많은 것을 빼앗기며 살아왔다. 그중 제일 억울하게 빼앗긴 건 뭔지 셈해 본다. 앞만 보고 달리는 세월한테 젊음을 허무하게 뺏겨 버린 게 제일 억울하다. 그나마 얼마 남지 않은 나이를 도둑 같은 세월한테 쉬 빼앗기지 않기 위해 정신 바짝 차리고 살아야겠다. 아무리 후하게 셈을 해봐도 뺏긴 나이보다 남은 나이가 훨씬 적은 것 같아 겁이 덜컥 난다. 주는 것도 아니고 무자비하게 빼앗아가 버리는 세월이란 도둑을 단단히 지키며 살아야겠다. 어쩌면 방금 여인의 지갑을 훔쳐 간 것처럼 순식간에 살아있는 사람들의 나이를 훔쳐 가버리는 것이 세월인지 모르겠다.

'발발 기어 다니던 게 엊그젠데 벌써 장가를 들었구나. 참 세월도 무정하네!' 생질녀 아들 신혼부부가 한복을 곱게 차려 입고 와서 인사를 하는 앞에서 선뜻 말이 나오질 못하고 속으로만 중얼거려진다. 그놈의 세월, 두 눈 크게 뜨고 지키리라. 응분의 대가를 주고 가져간다면 탓하겠는가. 전철 안의 도둑처럼 순식간에 내 나이 죄다 훔쳐갈지 모르겠다. 두 눈 똑바로 뜨고 세월도둑 지키며 살아야겠다.

47

왜일까

산다는 건 매일매일 보이지 않는 어떤 프로그램에 의해서 진행되는 것이 아닌가 싶은 생각이 든다. 내가 계획했거나, 이미 누군가가 짜 놓았거나, 자연으로 돼있는 프로그램의 순서에 따라 사는 느낌이다. 나를 지배하는 이 프로그램은 또 하나의 내게 습관을 만들어내고 있다. 이미 존재해 있는 프로그램의 순서를 벗어나기 쉽지는 않다. 어떤 이는 자연스럽게 이미 우리 앞에 와 있는 프로그램을 거부하려고 애쓰는 이도 있다.이미 정해진 프로그램을 거부하고 직접 만들어 행하려고 애도 써 본다. 기존의 프로그램을 밀어내고 창조하려면 관습을 거부해야 한다. 기존을 거부하는 것이 아니라 새로운 프로그램을 발굴해내서 시행하면 기존 프로그램이 무용지물이 되어버린다. 이미 존재한 세상의 프로그램에 익숙하게 살아가는 사람은 그것을 팔자라고 하거나 운명이라고 하기도 한다. 관습과 기존을 거부하고 프로그램을 만들어야 한다. 양가 직계가 가족만 모여서 아들 결혼식을 올렸다고 하니 듣는 사람마다 의아한 표정이다. 하객 9명 앞에서 한 결혼이 어떻게 진행했는지도 무척 궁금해 하기도 한다. 관습처럼 기존의 프로그램이 아닌 새롭게 짠 순서가 무척 궁금한 모양이다. 보수는 기존을 지키는 것이다. 진보는 기존을 거부하고 새로운 걸 만들려고 노력한다. 좋음과 나쁨, 편리함과 불편함을 떠나 새롭게 창조해나가는 진보가 나는 더 좋다. 그런다고 거창한 창조자는 아니지만. 사소한 행위라도 사회의 관습적인 프로그램을 배제하고 늘 프로그램을 만들어 살고 싶다. 공원벤치에 앉아 우리가 사는 프로그램에 대해 생각해 본다.

발밑에 개미가 무엇인가를 물고 기어간다. 개미가 왜 먹이를 물고 가는 걸까. 내 머리 위를 지나가는 저 새는 왜 날아갈까. 지그재그로 춤을 추며 내려오는 나뭇잎은 왜 떨어지고 있는 걸까. 봄에 그토록 아름답게 피었던 저 영산홍은 왜 꽃잎의 흔적도 없는 걸까. 한 번 핀 꽃들은 왜 꼭 떨어져야만 하는 걸까. 태어난 사람은 왜 꼭 죽어야만 하는 걸까. 당연한 일들이 어떤 프로그램에 의해 진행된다는 생각을 떨칠 수가 없다. 내가 '왜'를 자주 생각하는 게 이미 오랜 전부터 습관이 되어 버린 걸까. 나는 '왜' 안에서 살아가다가 '왜' 속으로 떠날지 모르겠단 생각이 '왜' 드는 걸까. '왜'라는 단어는 나의 생활의 새로운 프로그램을 만드는 원동력이다. 나는 지금 벤치에 앉아 모든 사물들을 '왜'란 안경을 끼고 관찰하고 있다. 내 주위에서 일어나는 모든 일들을 '왜'란 확대경으로 관조해 본다. 좋아하는 '왜'는 언제나 정답을 데려오지 않고 늘 혼자 온다. '왜'에 젖은 지금의 나를 '왜' 저분은 유심히 보면서 지나갈까. 내 앞에 내려앉은 비둘기 떼들도 '왜' 나를 유심히 보는 걸까. 암튼 나는 '왜'가 없으면 살 수가 없을 것만 같아서 또 '왜'를 찾아 헤맨다. 언제쯤이나 이런 습관이 없어질지도, '왠지' 모르겠다.

커피 잔에 담긴 인생

커피-주성분인 카페인은 대뇌피질에 작용하여 정신기능을 높이고, 졸음이나 피로감과 취기를 제거하는 흥분 작용을 한다. 순환 활동중추를 자극시키는 강심작용도 한다. 골격근의 수축력을 강화시켜 중추신경계에 압박을 가해 피로를 쫓는다. 이뇨작용과 위액분비를 증가시키기도 한다. 타닌이란 물질은 인체 점막이나 피부 표면의 염증을 단백질로 침전시켜 체액 유출을 억제해 표면을 긴장시키는 수렴작용과 위 속의 해독작용도 한다.

이로운 것들만 들추며 커피를 마시면 맛이 한층 고조된다. 이로움과 해로움이 함께 섞여있는 게 세상 이치라지만, 약간의 편향된 사고로 이로움만 생각하며 마신들 누가 탓하랴.

커피를 재배할 수 있는 지역은 보통 남북위 25도까지의 열대, 아열대 지방으로 연평균 강우량 1500mm 이상 되는 곳이다. 커피 원두는 수분, 회분, 지방, 조섬유, 조당분, 조단백, 카페 등으로 이루어졌다. 성분 비율은 종류에 따라 차이는 있지만 조당분이 대개 30% 정도다. 커피 한 잔을 마신다는 건 햇빛과 바람과 흙과 우주를 마시는 일이다. 길을 가다가도 커피숍이 눈에 띄면 '큰 부담 없이 우주나 한 잔 마셔볼까' 중얼거리며 커피숍 창가에 다다른다. 커피 한 잔이 내 앞 탁자에 놓인다. 밤이면 달과 별과 노닐다가 땅속까지 긴긴 여행을 마치고 내게로 온 커피다.

아무도 침범하지 못하는 나만의 공간에서 커피의 참맛을 즐긴다. 누군가와 같이 있으면 온전한 커피 맛을 즐길 수 없다. 특유의 향이 마음을 깨운다. 뜨거운 향을 후각으로 천천히 마시다 보면 어느새 미지근해진다. 쌉쌀하면서도 은근한 향이 새로운 맛을 느끼게 해준다. 생활의 파편들을 긁어모아 되새김질해 보게 하는 미지근한 커피향이다. 차갑지도 뜨겁지도 않은 커피는 정열적인 청년기를 지나 장년기의 맛이라고나 할까. 장년기의 맛에 천천히 취하다보면 어느새 차갑게 변한다. 차가운 커피는 노년기에 접어든 냉랭한 삶의 맛이다.

쓴맛이 독특한 자극을 준다. 현실을 좀 더 잘 살펴보게 각성시키는 에너지의 맛이다. 황혼기의 삶처럼 아끼고 싶은 심정으로 조금씩 음미하노라면 커피 잔은 허연 뼈대를 드러낸다.

바닥에 조금 남은 커피를 입안에 훌쩍 털어 넣는다. 씁쓸한 향이 여운으로 감돈다. 나뭇가지에 앉은 새를 한 참 바라보다가 훌쩍 날아가 버린 후 잔상을 바라보는 기분이랄까!

조금 남은 커피 잔을 직원이 훌쩍 가져가버리면 못내 아쉽다. 리필해서 마시기보다 마지막 남은 쓴 향이 더 그리워진다. 뜨거운 커피는 혈기 방장한 청년기, 미지근한 커피는 불혹의 나이에 접어든 장년기, 차갑게 식은 커피는 노년기의 맛이다. 한 잔의 커피에 청년과 장년과 노년이 함께 담겨 있는 셈이다.

"식은 커피를 무슨 맛으로 마시지?" 뜨거운 커피를 훌쩍 마셔버리고 나서 이렇게 말하는 이도 있다. "커피란 뜨거울 때 마셔야 제 맛이지." 자주 듣는 말이지만 아니다.

나는 고개를 설레설레 흔든다. 쑥이나 씀바귀 같은 쓴 나물을 즐기는 노인의 입맛에서 삶의 냉철함이 있을지 모르겠다. 오래토록 간직해왔던 지식이 지혜로 숙성되는 원료가 쓴맛일지 모르겠다. 청년과 장년과 노년의 삶을 조용히 새김질

해보고파 나는 오늘도 커피 한 잔의 유혹을 과감하게 뿌리치

지를 못한다.

49

내게 얽힌 줄들

신문지를 나일론 줄로 단정히 묶어 밖으로 내 놓는다. 박스에 묶여왔던 노끈들, 빨랫줄을 치고 남은 나일론 줄들이 여기저기 굴러다닌다. 폐품들을 묶어 내놓고 새벽산책을 나온다. 얼기설기 난삽하게 얽혀 있는 전선줄이 새삼스럽게 눈에 띈다. 쇠줄로 자전거를 가로수에 묶어 놨다. 도시가스 배관들, 케이블방송의 전선줄, 전홧줄, 수많은 줄들이 각각 할 일을 하고 있다. 줄이 없다면 살아가기 힘들 거란 생각이 든다. 새삼스럽게 낯설게 다가온 줄을 사색하며 산책을 한다. 빌딩 주위에 빨간 줄을 쳐놓고 벽에 도색을 하고 있다. 굵은 밧줄로 몸을 묶고서 납작한 널판때기를 밟고 있다. 일하는 사람의 목숨 줄인 셈이다. 높은 건물에 화재가 발생했다. 옥상에 대피한 사람이 뛰어내리다간 죽을지도 모른다. 밧줄을 던져주지만 계속 땅으로 떨어지기만 한다. 입고 있는 스웨터의 올을 풀어서 밑으로 내리라고 소리친다. 스웨터를 푼 줄을 땅에 내려서 밧줄을 묶어 끌어올리게 한다. 옥상의 빨랫줄을 맨 철근에 밧줄을 단단히 묶어 놓고 밧줄을 타고 내려온다. 긴박한 순간에 생명을 건진 줄이다.

든든한 배경을 지닌 이를 뒷줄이 좋다고 한다. 실업자는 밥줄이 끊겼다고 한다. 줄을 잘 서서 출세한 사람도 있다. 있을수록 좋은 더 좋은 것이 줄이 아닌가 싶다. 열 달 가까이 뱃속에 묶였다가 세상구경 나오면서 과감하게 줄을 잘라낸다. 아기가 건강하게 잘 자라려면 엄마의 젖줄이 좋아야 한다. 삶을 영위할 자연자원을 삶의 젖줄로 표현하기도 한다. 위급할 때는 목줄을 조인다고도 표현한다. 출세하려면 줄을 잘 서야하고, 학벌은 가방끈이 길고 짧다고 표현한다. 몸의 중간에 허리띠를 맨다. 목에도 넥타이라는 줄을 단단히 매고 출퇴근한다. 한복은 버선을 신고 나서 줄로 단단히 동여맨다.

사람 몸을 삼등분해서 비행기에서 생활하는 사람은 목줄을 매고, 지상에 사는 사람들은 허리띠를 묶고, 지하에 근무하는 사람은 발목에다 끈을 묶는 게 아닌지 엉뚱한 생각까지 든다. 운동화나 구두에도 줄을 맨다. 어떤 각오를 할 때 신발 끈을 단단히 묶는다고 한다. 긴축생활을 강조할 때는 허리끈을 단단히 조인다고 한다. 직장을 잘 지키라는 말은 목줄을 단단히 잡으라고 한다. 줄에 의지해서 스스로 목을 매고 자살하는 이도 있다. 인간 뿐 아니라 생물과 무생물, 세균이나 미생물 까지도 얼기설기 얽힌 연(緣)줄에 덧얽혀서 존재한다. 우주는 줄에 얽인 그물이라고 할 수 있겠다. 남녀의 사랑은 사돈이란 인연의 줄을 만든다. 줄을 없이는 살 수 없을 것 같다. 집안 구석구석에 굴러다니는 짧은 줄 한 토막이라도 잘 간수했다가 폐품을 묶는 데 유용하게 사용하듯, 내 주위의 모든 인연 줄을 소중히 간수해야겠다. 아무리 하잘 것 없이 보이는 끄나풀 한 토막이라도 그것이 내게 소중한 줄일 수 있다. 내 주위를 둘러싸고 있는 줄, 사람사이의 줄, 사물과의 줄, 모두가 나의 인생살이를 지탱해 주는 소중한 끈이란 생각이 든다.

친구, 친척, 가족, 지인들 모두가 나에게 얽혀 있는 줄들이 아닌가. 아침 산책길 내내 나의 주위에 얽혀 있는 줄들이 소중하게 여겨 달라고 아우성치는 소리가 들려온다.

50

아버지의 유산

부모의 유산 때문에 형제남매끼리 남보다 못하게 지내는 경우를 자주 목격한다. 평생을 완치가 되지 않는 상처를 서로의 가슴에 안고 살거나, 알맹이 까먹은 바나나껍질마냥 혈육의 정을 휙 던져버리고서도 눈 하나 깜빡 안하는 사람도 많다.

나는 어려서 가출해서 객지에 살면서 부모에 대한 경제 혜택을 받아 본 적이 전혀 없다고 말해도 어느 누구 토를 달고 나설 사람도 없다. 굶주리며 돌아다니는 객지생활에서도 명절이나 부모님 생일 같은 날이 돌아오면 마음은 고향 쪽으로 먼저 내닫는다. 천애의 고아처럼 객지에서 긁히고 찢긴 온 전신의 생채기를 감쪽같이 감추고 고향을 찾아가면 참으로 푸

근했다. 명절이 지나고 처소도 만만찮은 객지로 향하는데 어머니께서 충혈된 눈으로 그윽이 바라보면서 꼬깃꼬깃 접은 걸 내미신 적이 있다. 서울행 기차역까지의 버스비 정도도 되지 않는 액수다. 난생 처음이자 마지막이었던 어머니께 받은 현찰이다. 차마 그 돈을 쓸 수가 없어 기념으로 간직하고 싶어 깊숙이 일기장 속에다 넣어뒀다. 어머니의 눈물이 섞여 있던 그 돈에 대해서는 수십 년이 지났건만 잊히지 않는다.

땅굴을 파고 사는 동물처럼 거처를 수시로 옮겨 다녔던지라 그 돈이 일기장의 어느 해 어느 날 속에 있는지 언젠가 시간을 내서 한 번 꼭 찾아본다는 게 쉽지 않다. 50년 이상을 하루도 빠지지 않고 써온 일기장이 박스 속에서 퇴색된 채로 박혀있는 것도 있어서 마음뿐이지 선뜻 정리를 못하고 세월을 보낸다. 형제자매의 의리가 귀감이 될 만하다고 칭송을 많이 받던 사람이 부모 재산 때문에 눈에 핏발을 올려대며 돌변한 모습을 목격하니 참 혼란스럽다. 튼튼한 제방이 한꺼번에 툭 터지는 꼴, 천 길 낭떠러지로 떨어지는 기분, 가치관이 한꺼번에 무너져 내리는 것만 같아 오랫동안 가슴이 먹먹했다. 내겐 재산이래야 몸담고 있는 집 한 채밖에 없는 게 다행이라고 자위한다. 자식들은 돈 못 번 부모가 한심하다고 생각할지 모르지만, 돈 못 번 평계치곤 참으로 그럴싸한 게 아닌가.

거지인 부자가 불타는 집의 검불을 쪼이며 몸을 녹이고 있었다.

"너는 아버지 잘 둔 줄 알아라." 아버지 거지가 입을 열었다. "저 사람들처럼 재산 다 타는 것보고 방방거릴 일도 없고, 병 날 정도로 가슴쓰릴 일 없어 다행이 아니냐." 가난을 자족하라는 거지 아버지의 훈화가 한낱 우스갯소리로만 받아넘길 일이 아니고 브레이크 없이 달리는 현대인들이 한 번쯤 짚고 넘어갔으면 싶다면 너무 비약일까. 내겐 아버지께서 남긴 유산까지는 못 돼도 유물은 딱 하나 있다. 고려청자나 이조백자 정도의 유물은 아니지만 내겐 그보다 더 의미가 있는 물건이다. 살아계실 때 애지중지하며 매일 손에서 떼지 않던 소중한 물건이다. 고가로 값나가는 물품이었으면 형제 간에 피가 역류했을지도 모른다.

집을 수리하느라 아버지의 유물이 어디 깊숙이 들어갔는지 요즘은 눈에 띄지 않는다. 어디엔가 고이 숨어있을 것이다. 아버지가 돌아가신 후에 가져왔던 손때 묻은 담뱃대다. 고려청자나 값나가는 보물이 아니어서 홀가분하게 가져왔고 보관하기에 편한 유품이다. 유산이라고 간주하고 싶다. 돈 욕심도 없이 평생을 헐렁하게 살아오신 아버님처럼 담뱃대도 야무진 구석이라곤 찾아볼 수도 없이 손때만 잔뜩 묻어 반질거린다. 볼품은 없지만 많은 의미들이 숨 쉬고 있다. 아버님의 일생이 담긴 유산인 셈이다. 아무리 경제적 어려움이 닥쳐도 팔아먹지도 않을 것이어서 더 좋다.

담뱃대를 만지작거리면 아버님의 모습이 금방 눈에 선하다. 남들처럼 중학교, 고등학교도 보내주지 않는다고 원망도 많이 했었다. 밉기도 했던 게 솔직한 내 어린 시절이었다. 지금 생각해 보니 술과 담배로 일생을 살아오신 아버님은 나보다는 훨씬 낭만적인 인생을 사셨단 생각이 든다. 이제 와서 아버님을 생각하니 참 헛헛함이 자꾸 밀려오는 건 왜일까. 아버지보다 인생을 더 멋있게 살지 못해서 그럴까. "저승에서 혹시 술도가에 취직이나 하시지 않으셨는지요? 아버님 정말 죄송합니다."

51

자라는 나

옷에 달린 모자를 둘러쓰고 마스크를 쓴 사람이 내 앞으로 걸어오고 있다. 발에는 양말과 신, 손에는 장갑, 몸뚱이 전체는 옷으로 감쌌다. 안경 밑으로 볼만 겨우 보일 정도다. 매서운 겨울날씨를 실감케 한다. 나이는 몇 살쯤 될까. 짐작할 수가 없다. 지나가는 뒷모습을 다시 보니 30대로 짐작, 6십 대 이상의 걸음걸이는 아니다.

사람들이 지나가는 뒷모습들을 유심히 살펴본다. 걸음걸이로는 3~4십 대까지는 한 묶음으로 짐작할 수 있다. 6십대 이상의 걸음걸이는 세부적으로 구별하기 힘드니 그냥 '노인 걸음걸이'로 보자.

아무리 이십 대가 힘없이 걷는다 해도 노인 걸음걸이와는 구별된다. 뒷모습은 거짓말 못한다는 말이 실감난다. 걸음걸이는 나이를 속이지 못하는가 보다. 목소리는 어떨까. 젊은 목소리가 있지만 완벽하게 나이를 속이지 못한다. 10~20대의 목소리와 장년과 노인의 목소리는 금방 구별할 수 있다. 몸뚱이를 조종하는 생각이나 마음은 어떨까. 10대의 마음이 20~30대와는 다르고, 노인과는 더 현격하게 다르다.

청년이면서도 마음이 노인 같은 사람도 있다. 노인이면서 젊은이처럼 내면이 젊은 사람도 있다. 길가에 커다란 가죽나무가 새벽 어스름 속에서 새카만 얼굴을 드러내고 있다. 종로에서만 50년을 넘게 살아온지라 꽤 오래 지켜봤던 나무다. 처음 봤을 때의 기억이 명확치는 않지만 지금 정도의 크기와 별 차이가 없었던 것 같다. 아마 백 살은 넘은 것 같다.

100여 년이 넘은 나무들은 피부가 도톨도톨하게 거칠고 벌레가 파먹은 흔적도 많다. 고목이나 노인의 외모는 금방 나이를 짐작케 한다. 늙은 가죽나무는 봄이 오고 여름이 되면 가지 끝에 또 순이 자라날 것이다. 늙어도 자라기를 멈추지 않는 게 나무다. 봄이면 고목의 잔가지 끝에 보통 1m 이상 길어난 새순도 눈에 띈다. 늙은 나무처럼 나도 해마다 자라고 있다. 키는 자라지 않는 것처럼 보이지만 찬찬히 살펴보면 끊임없이 자라고 있는 게 내 몸뚱이다. 손발톱을 깎고 나서 며칠이 지나면 다시 길어있다. 내 머리는 매주 토요일 삭발해도 쉬지 않고 자란다. 수염이나 털도 마찬가지다. 일정한 나이가 되면 크기를 멈춘다는 고정관념을 가지고 있지만 그 반대다. 깎아버린 잔디처럼 금방 자라는 게 사람의 몸뚱이가 아닌가. 70조 개가 넘는 세포도 매일매일 죽으면서 새롭게 자라고 있다. 내 생각과 마음과 정신은 몸뚱이보다 더 급속도로 자라고 있다. 매일 책을 읽으면 뇌가 자라난다는 것을 느낀다. 내가 죽음 앞에 이르렀을 때는 지금보다 훨씬 더 성숙한 인간으로 자랐으면 싶다.

어둠이 가시지 않은 새벽 산책길을 걸으면서 자라고 있는 나의 내면을 관조한다. 남을 긍휼히 여길 줄 아는 마음이 점점 자라 타인을 따뜻하게 품을 줄 아는 마음으로 성장했으면 좋겠다. 걸으면서 생각을 들여다본다. 한 걸음씩 옮기면서 마음을 관조한다. 모든 것을 훌훌 털고 산책하며 정신은 찬찬히 들여다본다. 자라고 있는 게 훤히 보인다. 읽고 생각하며 명상하고 사색하며 내면을 관조하면 자라고 있는 게 명확히 보인다. 자라고 있는 나를 볼 수 있는 새벽 산책길이 무척이나 즐겁다. 행복한 겨울새벽이다.

잘 버리기

종이 부스러기, 헝겊, 유리 조각, 부러진 볼펜, 비닐조각, 형체를 알 수 없는 시커먼 부스러기, 박스 쪼가리, 귤껍질, 일회용 라이터, 빨간 노끈, 플라스틱 그릇 조각 등등 247까지 세다가 그만 포기한다.

요긴하게 사용했던 물건들이 쓰레기로 변해 길바닥에 굴러다닌다. 사용하고 버린 물건들이 이렇게 많다는 게 새삼 놀랍다. 한때는 참 유용했던 것들이다. 지구의 주인처럼 당당한 인간도 언젠간 먼지가 되어 날아다닐 날이 있으리라. 길바닥에 뒹구는 쓰레기와 인간이 특별하게 다를 게 뭘까. 할 일 끝내고 길바닥에 굴러다니는 쓰레기와 인간이 하나도 다를 게 없단 생각이 든다. 노인의 생각주머니에는 미래보다는 과거를 더 많이 담고 있다고 뇌 과학자들은 말한다.

　늙은이의 뇌 속에는 과감하게 버려야할 것들이 똬리를 틀고 앉아서 이따금씩 불쑥불쑥 현실을 치받고 올라오기도 한다. 시대에 걸맞지도 않고, 쓰임새도 없는 것들이 소중한양 버티고 있다가 튀어 올라와서 젊은 사고와 충돌한다. 오래 묵은 사고가 때로는 아집으로 변한다. 젊은이나 가족과 사회를 향해 언 땅에 성에처럼 뾰족뾰족 칼날을 내밀기도 한다. 결국 자신이 다치는 경우가 많지만. 대개 노인이 기거하는 방엔 쓸모없는 물건들이 많다. 꼭 노인만이 아니지만. 노인이 철 지난 물건에 대한 애착은 사용했을 때의 추억을 잊지 못하는 경우가 많다. 시대가 변한 줄도 모르고 과거 속에만 갇혀있는 노인이나 철지난 물건들이 비슷한 습성을 지니고 있다고 하겠다. 향수라는 단어는 현실에서 멀리 떨어져 있을수록 달콤하게 느껴진다. 멀리서 바라보는 무지개처럼. 소유하고 있는 사물은 소유자를 구속하는 일이다. 자유로운 자는 아무것도 소유하지 않는 자라고 했다. 노인 쪽으로 한 걸음씩 다가갈수록 낡은 것을 과감하게 버려야겠다. 홀가분하고 멋진 노년생활을 위해서. 유효기간이 한참 지난 것들에 집착하는 노인의 고정관념을 깨버리고 싶다. 폐기물 속에는 대개 일상생활의 향수가 묻어있다. 잃어버린 시간을 그리워해도 마음만 아플 뿐 되돌아오지 못한다는 게 아인슈타인이나 뉴턴의 법칙 같은 걸 어쩌랴. 무심코 서랍을 열어보고 사용하지 않는 물건들이 생각보다 많아 깜짝 놀란다. 쓰임새 없는 물건들이 왜 이렇게 많이 숨어 있는 걸까. 시대에 낡은 물건들을 보며 자신을 되새겨 본다.

내가 현재 하고 있는 일, 만나는 사람, 인생의 해석 등등 모든 것들이 혹시 이렇게 낡아버리지는 않았을까. 마음자리를 다시 휘휘 둘러본다. 집을 고치거나 이사를 할 때처럼 사용하지 않는 것들을 과감하게 버렸으면 좋겠다.

내 뇌의 서랍 속에도 낡은 것이 너무 많을 것 같다. 서랍을 열어 청소를 하듯 유용한 것들만 가려내는 새로운 지혜가 있었으면 참 좋겠다. 오늘 나는 얼마나 많이 버렸는가. 잘 버리는 연습이나 하며 살아가리라. 많이 버리는 생활은 새로운 삶을 많이 만들어갈 수 있는 법이다. 세월이 한 뼘 한 뼘씩 앞질러 갈 때마다 버리는 작업을 따라해야겠다. 지금 산책길부터 생각서랍 속에 굴러다니는 낡은 것들을 길바닥에 쓰레기처럼 버려야겠다.

53

높은 곳

　많은 사람들이 건물을 쳐다보며 웅성거리고 있다. 3층 건물에 커다란 간판을 달고 있는 중이다. 높은 데 올라간 사람은 땅에 있는 사람들에게 계속 묻는다.

　"우측을 조금 높게, 좌측으로 조금 더, 약간 올리고, 응응 그래그래, 됐어!" 바닥에 있는 사람들은 고개가 뻐근할 정도로 올려다보며 위치를 말해주고 있다. 간판 다는 사람은 계속 물어본다. 의자를 밟고 올라서서 벽에 액자를 걸 때도 낮은 곳에 있는 사람에게 물어가면서 달았던 경험이 있다. 높은 데 올라간 사람은 낮은 데 있는 사람보다 더 먼 곳까지 볼 수는 있다. 높은 데 올라간 마음으로 세상을 보면 근시안적인 시각보다는 낫다고들 한다. 높은 지위에 올라가 있는 사람도 액자나 간판을 달 때처럼 아랫사람에게 물어 가면서 직무를 수행한다면 좋지 않을까 싶다. 높은 직위에 오른 사람은 아래에서 많은 사람들이 올려다보고 있다는 것도 잘 보일 것이다. 인기인들은 많은 팬들이 아래에서 우러러 보고 있다는 것도 잘 알 것이다. 높은 곳에 올라가 있는 사람은 늘 똑바르게 살아가고 있느냐고 밑에 사람들에게 물어봐야 한다. 하지만, 그렇지 못한 경우가 더 많은 것 같다. 높은 곳에서 자신이 잘하고 있는지를 수시로 물어보는 사람은 간판을 똑바르게 달고 내려오는 사람처럼 임무가 끝나면 기쁜 마음으로 내려올 것이다.

높은 사람이 낮은 사람보다 더 멀리 잘 보인다고 큰소리칠 일도 아니다. 먼 데까지는 볼 수 있을지 모르지만, 자기를 잘 볼 수 없는 게 더 큰 문제다. 높은 곳에 간판을 달 때처럼 가장 가까운 곳을 볼 수 없는 맹점도 있다. 낮은 곳에 있는 사람보다 더 잘 보지 못해 자칫 헛디뎌서 순식간에 나락으로 떨어지는 경우가 많다. 돈이 없어 맨바닥에 있는 사람이 돈에 대한 생리를 더 잘 알 때도 있다. 일 등을 못 한 사람이 일 등한 사람보다 일 등의 의미를 더 잘 알 수가 있다. 진 사람이 이긴 사람이 어떻게 처세를 해야 하는지를 더 잘 알기도 한다. 이긴 사람은 이긴 일에 도취되어서 진정 승리의 본질을 잊어버릴 수가 있다.

  높음도, 많음도, 큼도, 인기도 못 갖고 바닥에 사는 이들이 세상엔 많다. 바닥에 있는 이들은 안다. 높은 데 있는 사람들이 어떻게 살아야 하는지를. 간판을 달 때처럼 이래라저래라 일러주고 싶은 때가 많지만 높은 데 있는 사람의 귀에는 잘 들리지 않기에 그만 포기해 버린다. 재벌가들은 돈 없어 바닥에서 있는 이들에게 돈이 무엇인지, 어떻게 쓰는 건지, 어떻게 관리해야 하는지를 물어 가면서 관리한다면 어떨까. 나는 간판 다는 건물 앞에서 한참동안 머물러 이런저런 생각에 젖다가 가던 길을 다시 재촉한다. 뇌리에 자꾸 각인된다. 나는 높은 데 올라가서 화려한 인생의 간판을 달 일이 없다는 걸 익히 잘 안다. 남들에 비해 높은 자리도, 인기인도, 벼슬자리에 올라갈 사람도 아닌데 왜 간판 달고 있는 모습이 가던 길을 자꾸 붙잡는 걸까. 길을 가면서 내내 그 장면이 사라지지 않고 맴돌기만 하는 건 왜일까!

54

벽

벽을 바라보고 결가부좌를 틀고 앉는다. 벽은 말이 없지만 내 마음은 자꾸 벽에게 말을 하려고 설레발을 친다. 벽은 침묵하지만 내 맘은 침묵하기가 정말 어려운가 보다. '벽'을 화두로 삼아 본다.

집이나 방의 둘레를 막은 수직 건조물이 아니라 다른 별명을 지닌 벽이다. 어떤 한계나 장애를 나타낼 때에 차용해서 쓰기도 하는 벽이기도 하다. 벽은 모양이 보이지만 보이지 않을 때도 있다. 국가나 사람관계에서도 있기도 하고 없기도 하는 것이 벽이다. 교류의 단절을 나타낼 때에 벽은 생기지만 막역하게 터놓고 지내는 사이에서는 벽이 맥없이 허물어진다. 원래부터 사람 사이에는 벽이란 게 없다. 없는 것을 모르고 벽이 없다고 강조하기도 한다. 그 모양이나 어떤 형태도 없으면서 의미만 있는 벽도 있다. 벽이 없으면 춥다. 바람을 막아주기도 하고 싸늘한 바람을 몰고 오기도 하는 게 벽이다.

벽은 칸을 막아 방을 만들거나 공간을 만들어주기도 한다.

집을 만드는 데 주된 역할을 하는 게 벽일까. 벽이 없으면 액자나 사진도 걸 수가 없다. 거실에 벽이 없었다면 저 액자를 어디다 걸었을까. 벽이 없는 공중에 액자를 걸어 두는 걸 상상해 본다. 액자는 벽에 박힌 못을 잡고서 공중에 매달려 있는 셈이다. 액자는 벽과의 거리를 적당하게 잘 유지하며 매달려 있을 뿐이다. 좁디좁은 틈을 이용해서 물리적인 원리를 이용하고 있을 뿐이다. 벽은 자기 때문에 액자가 공중에 매달려 있다고 으스댄다. 사람들이 자세히 알지 못하고 벽에 걸었다고 얘기하기 때문이지, 벽에 걸어 둔 게 아니다.

벽은 막는 것일까. 막는 게 아니라 공간을 열어 놓는 것이다. 세상 모든 사물을 보이게 열어 놓은 것이 벽이다. 벽의 뒤편이 잠시 보이지 않는 것 같을 뿐이지, 벽이 있으므로 뒤편을 마음눈으로는 명확하게 볼 수 있다. 벽으로 가로막아

두면 뒤편의 사물의 위치가 더 선명해진다. 이웃과의 경계나 방과 방의 경계도 벽이 있어서 더 명확하게 해준다. 벽은 막는 것이 아니다.

벽은 밖으로 통하는 물체다. 밖과 안을 단절시키는 것이 아니라 더 관계를 명확하게 해주는 것이 벽이다. 벽이 있기에 내 마음은 더 열린다. 벽을 한참 동안 바라보고 있으려니 벽의 뒤편이 환하게 밝아진다. 벽의 뒤편이 더 잘 보인다. 벽이 아니었으면 그 뒤편을 이렇게 명확하게 보지는 못했으리란 생각이 자꾸 든다.

벽은 막음이 아니라 열림이다. 벽은 가로막는 게 아니고 서로를 열어주는 역할을 하는 것이다. 마음의 벽을 명확하게 깨달을 수 있다면 인생살이 들고나는 모든 걸 초월할 수 있을 것 같다. 벽은 벽이다. 나는 나다. 벽은 나와 같은 동속인 것이다. 명상 속에 벽을 그려 놓고 나니 지금껏 서툴게 살아온 인생이 조금은 익숙해질 것 같다. 사람 사이엔 벽을 만들지도 헐지도 말란다.

55

욕설

　강산이 세 번이나 변할 정도로 교류를 맺고 지내온 아주머니가 갑자기 내게 전화로 욕설을 퍼부어댄다. "이 개새끼가 집에 들어갔네!" 삼십여 년 이상 들어왔던 목소리라 전화로도 금방 알아들을 수 있었다. 전화 목소리의 욕설에 독기가 잔뜩 묻었다. 날카로운 비수에 찔린 기분이다. 세상에서 제일 나쁜 짓을 하고 나서 도망 와버린 것처럼 욕설을 퍼붓는다.

　그 아주머니는 평소에는 절대로 남에게 욕설이라곤 하시지 않는 분이다. 내게 욕을 퍼부어대는 아주머니의 아들딸 결혼식 날짜와 손자손녀들의 이름도 지어주었다. 아플 때 침도 놔주고 인생 상담도 해주는 사이다. 총각 때부터 알고 지내왔던지라 연분이 깊다.

　느닷없이 험한 욕을 해대니 참 기가 막힐 노릇이다. 얼마나 큰 잘못을 내가 저질러서 저런가 싶어 자신을 곰곰 되짚어 보니 정신이 번쩍 들어 전화를 끊으려는데 잠이 깼다. 잠이 깨고서야 꿈이란 걸 깨닫고 참으로 다행이라 생각되어 마음을 놓았다. 꿈이라 다행이란 생각은 잠시뿐. 마음 한 구석이 자꾸 께름칙하고 찜찜하다. 혹시 그분에게 나도 모르는 사이에 섭섭하게 했을까. 어떤 잘못을 저지른 건 아닌지. 하필 왜 그런 꿈을 꿨을까. 꽤 여러 날을 골똘히 생각해 보았다. 꿈을 꾼 지가 며칠이 지났지만 마음이 영 개운치를 않고 찜찜하기만 하다. 좀처럼 잊히지 않는 건 단순한 꿈이 아닌가 싶어서다. 며칠 동안 반성을 하며 깊이깊이 생각해 본다. 나도 모르는 순간에 그분에게 잘못을 저질렀을 거란 생각이 떠나질 않는다. 나는 남에게 잘해준다고 했는데도 받는 상대방에겐 아주 치명타가 될 수 있는 잘못도 있다. 인간관계에선 충분히 있을 수 있다는 생각이 꼬리를 물고 뒤따른다. 살아가면서 자신도 모르고 저지른 잘못, 잘 한다고 한 일이 상대방에겐 잘못이 되어버린 경우, 일부러 나쁘게 한 경우 등 세 가지로 분류해서 곰곰 따져본다.

아무리 생각해봐도 세 번째는 해당사항이 아니라 지워버
린다. 첫째와 두 번째를 놓고 이리저리 저울질해 본다. 둘 중
에서도 명확한 해답을 얼른 찾아내지 못하는 건 지금까지의
내 삶이 자신이 없어서인지 모르겠다. 그 아주머니에게 꿈 이
야기를 들려주면, 허허 웃고 말지도 모르지만 내겐 뭔가 암시
가 되는 일이 아닐까 싶어 몇날 며칠을 꿈에 전화 받은 일을
생각해 본다. 명확한 대답이 안 나선다.

첫째와 둘째는 일상생활에서 부주의하면 충분이 범할 수
있을 수 있다. 모르고 범하는 건 대수롭잖게 여길 때가 간혹
있지만 은연중에 저지른 일이 상대에겐 더 큰 상처를 줄 수
있다고 생각하니 꿈을 대수롭잖게 여길 일도 아니다. 꿈에 모
진 욕설을 들은 건 어쩌면 내 생활태도에 문제가 있을지 반성
해본다. 꿈으로 인해 깨우침을 준 것이리라 마무리하니 마음
이 조금 놓인다. 참 고마운 꿈이다. 나의 생활 모습을 영화나
그림처럼 찬찬히 살펴보라는 꿈이다. 마음을 찬찬히 챙겨 사
람을 대하리라 다짐한다. 현실이라고 간주하자. 현실 없는 꿈,
꿈 없는 현실이 어디 있으랴.

56

침묵모임

침묵회원들은 산 아래 양지바르고 아늑한 커피숍에 모였다. 겨울 햇빛이 유리창을 투과해 회원들이 앉은 소파에 내려앉는다. 찻잔을 앞에 두고 빙 둘러앉은 회원 중 어느 누구도 입을 여는 이가 없다.

따스한 햇살 조각들이 찻잔에 먼저 내려와 침묵언어로 조잘거린다. 침묵회원의 영혼을 깨우는 중이다. 회원들은 천천히 아주 천천히 차를 입술에 댄다. 내가 침묵모임의 리더다. 회원은 시인, 소설가, 수필가, 철학교수, 종교연구가, 심리학자, 의사 등으로 구성되었다.

창밖엔 요란하게 떠드는 강풍이 훼방 놓을 틈을 노리지만 범접치 못한다. 침묵하고 있다면 이미 바람은 아니다. 침묵을 하지 못한다면 햇볕이 아니다. 햇볕은 침묵모임에 자주 참석한다. 곁에 앉은 이의 어깨에 묻은 티끌을 털어 준다. 고마운 눈인사를 한다.

　수척해진 회원의 얼굴을 그윽이 바라보며 말없이 위로한다. 그는 침묵으로 답례한다. 아들이 가출한 회원은 침묵회원들의 침묵위로에 금방 얼굴이 밝아진다. 내면의 어려움을 잘 읽기에 침묵위로를 할 줄 안다. 영혼으로 교신한다. 업소의 직원은 회원의 표정을 살피고서 차를 리필해준다. 손짓이나 눈짓 없이도 의사소통에 불편이 없을 정도로 성숙된 침묵회원들에겐 말이 필요 없다. 누군가가 잠깐 졸면 피로가 풀릴 때까지 침묵으로 기다려준다. 넥타이가 삐뚤어졌으면 조용한 손길로 매무새를 바로 잡아준다. 말 한 마디 없어도 마음속까지 대화가 오간다. 영혼까지도 침묵대화가 이뤄진다. 한 시간의 모임이지만 지루한 줄 모른다. 침묵모임은 정기적으로 모임날짜가 정해진 건 아니다. 모임이 끝날 무렵 표정으로 다음 일과 시를 자연스럽게 알린다. 한 시간이 너무 짧다. 아쉬운 표정으로 하나 둘 일어선다. 맑고 밝은 표정이 의미 있었던 모임임을 말해준다.

　헤어짐과 만남의 인사는 숲속의 나무처럼 자연스럽게 교신

한다. 말을 적게 할수록 침묵이 깊어지고 영적교감이 진지해진다. 9세기경 설두중현 선사는 제자들을 모아놓고 유게(遺偈)를 하면서 "내가 한평생 말을 너무 많이 한 것이 큰 허물이로다!" 이렇게 말하며 입적했다.

살면서 한 말이 정말 많을 게다. 많은 말로 남을 속이고, 자신을 속이며 산다. 침묵모임은 꿈이었다. 시간이 흘러갈수록 침묵모임의 꿈은 내 뇌리에 또렷이 각인되어간다.

잠재의식에는 실체를 만들고자 하는 많은 재료들이 있다. 침묵모임을 만들었으면 좋겠다는 생각을 평소에 가지고 있었던 터라 꿈으로 실현된 모양이다. 침묵모임의 꿈을 되새기고 있는 지금도, 나는 아무도 찾지 않는 깊은 산사에 홀로 있고 싶은 생각이 간절하다. 묵언하고 싶다. 침묵하고 싶다. 생각과 마음이 맑아지고 영혼이 깨끗해질 때까지 묵언하고 싶다. 말을 많이 하면 마음이 오염되고 생각이 산란해진다. 묵언은 단순히 말없음이 아니다. 침묵은 그냥 말을 하지 않음이 아니다. 말없는 말을 할 줄 아는 이만이 침묵언어를 할 줄 아는 사람이다. '침묵모임'을 나 혼자서라도 꼭 만들어야겠다고 다짐하며 입을 굳게 다문다.

57

새들과 이야기

창문을 열고 손을 뻗으면 닿을 정도에 아름드리 은행나무에 참새들이 자주 온다. 내가 거실에서 무얼 하면서 지내는지, 어떤 사람들이 살고 있는지 알고 싶어서 매일 오는 걸까. 새들도 나처럼 호기심이 무척이나 많은 모양이다.

꼬리가 기다랗고 하얀 목도리를 두른 까치가 오면 제일 반갑다. 어머님이 까치가 되어서, 내가 어떻게 사는가를 보라고 전령으로 보낸 게 아닌가 싶은 생각이 든다. 자주 그런 생각을 하다 보니 이젠 영락없이 그런 믿음으로 굳어진 것 같다. 살아계실 때 늘 죽은 후에 새가 되고 싶다는 말씀을 자주 하셨기에. 은행나무에 까치가 보이면 "애들아, 할머니 오셨다. 지금 우리를 살펴보고 있으니 조심해라." 나도 모르는 사이에 이런 말을 툭툭 던지다보니 이젠 사실처럼 뇌가 완전히 입력해버린 모양이다. 겨울엔 아주 희귀한 새들도 온다. 참새보다 약간 몸집이 작고 목둘레에 하얀 줄을 두른 새. 잿빛에 가깝고 몸이 아주 날렵해서 이 가지 저 가지로 까불까불 날아다닌다. 방문한 친척에게 물어보니 '명새'라고 해서 인터넷검색을 해봐도 시원한 답이 나오질 않는다. 특정 지방에서만 쓰는 방언인지 모르겠다고 포기한다.

몸의 길이가 20여 센티미터쯤 돼 보이는 새도 온다. 등은 짙은 갈색이고 배는 연한 회색이며 부리와 눈 주위가 검다. 날개는 검푸르며 광택이 나고 얼룩무늬의 새도 있다. 어렸을 때 울타리에 늙은 평나무에서 자주 보던 콩새가 올 때는 참 반갑다. 이름을 알 수 없는 새들이 날아와 앉는 건 바로 집에서 20여 미터 남짓한 거리에 수백 년씩 살아온 상수리나무, 신갈나무들, 잣나무들이 버티고 있는 종묘 숲이 있어서다. 6백 년 가까이 된 종묘사당이다. 바로 우리 집 정원인 셈이다. 숲에 있던 새들이 심심한지 이따금씩 창가에 와서 내가 살고 있는 거실을 은밀히 들여다보고 간다. 간혹 꿩이 '꿩꿩!' 두 박자로 발성연습을 한다. 다람쥐가 오백여 년이 넘은 상수리나무 신갈

나무를 오르내리며 재주를 부리기도 한다. 거침없이 훨훨 날아다니는 새들은 내가 방에 갇혀 있는 게 참 답답하다고 할게다. 자기가 만든 감옥에 갇히는 미련한 동물이라고 비웃는 소리가 들리는 듯하다. 감옥만 감옥이랴. 닭장처럼 차곡차곡 쌓아 만든 아파트도 새들이 보면 감옥처럼 보일 게다. 사방을 꽉꽉 틀어막아 놓고 좁은 공간에서 옥신각신 살아가는 나에게 새들이 감옥에 갇힌 신세라고 비웃어도 난 할 말이 없다.

"그래도 나는 진짜 감옥엔 안 가고 가짜 감옥에서 살고 있으니 너무 비웃지는 말아라." 커피 한잔 들고 은행나무의 새들과 이야기를 시작한다. "몸은 갇혀 있어도 내 마음과 정신은 네들처럼 창공을 날고 있는 중이야!" "우리가 보기엔 갇혀 있는 네가 젤 불쌍한 것 같은데 뭘" 새들의 이런 말엔 대꾸를 할 만한 말이 없다. 새들과 이야기 하다보면 어느 새 커피가 식는다. 식은 커피를 탓하기보다 내 영혼을 다시 추스른다.

'너희들은 하늘과 땅 중간에 살면서 모든 생물들을 방목하는 게 아닌지 모르겠구나. 자주자주 놀러와 주렴.' 식은 커피잔을 들고 중얼거리다 보니 내 영혼이 봄을 만난 대지처럼 촉촉해진다. 내 영혼이 맑아지고 있는 느낌이 든다.

58

행복한 생각

내겐 가진 권력도 없다. 높은 인지도나 명예도 지니고 있지 않다.

돈 많은 재력가도 아니다. 팔팔하게 젊은 청년의 나이도 아니다. 하지만 이런 것들을 부러워하지는 않는다.

솔직히 말하자면 내게도 이런 것들이 있었으면 좋겠단 생각이 조금은 든다. 좋겠단 생각으로 끝낼 일이지, 부러워하지는 않는다.

이것들을 지금의 나와 비교를 하지만 않는다면 또 다른 행복이 많은 사람이다. 내겐 만족하게 느껴지는 것들이 너무 많다. 남이 가진 것을 내가 부러워할 수도 있는 것만큼, 이 세상 누군가가 나를 부러워할 수도 있을 것이다. 내가 부러워하는 사람보다, 나를 부러워하는 사람이 더 많았으면 좋겠다는 생각도 든다. 만족함은 비교하지 않아도 생길 수 있다. 부러움은 철저하게 비교에서 생긴다.

많은 사람들 중에서 나를 부러워할 수 있는 사람도 있을까 혹은 없을까. 나를 부러워하는 사람이 있다면 좋을까, 없다면 더 좋을까 찬찬히 따져 본다. 이런저런 생각을 골똘히 하면서 나는 지금 새벽산책을 하고 있는 중이다. 내 앞에 하얀 지팡이로 땅바닥을 툭툭 두드리면서 다가오는 이가 있다. 막대기를 눈 삼아서 걷고 있는 저분은 지팡이 없이 활보하는 나를 분명 부러워할 게다. 하체가 마비되어 전동휠체어를 타고 다니는 분이 우리 집 근처에 사시다가 이사를 가셨다. 전동휠체어에다 여러 가지 자잘한 물건을 싣고 팔러 다니는 모습을 길에서 자주 만난다. 그분은 내게 직접 말을 하지 않았지만 맘대로 걷는 나를 부러워했을 게다. 한쪽 다리가 부실해서 절룩거리며 겨우 걷는 이도 새벽 산책길에 자주 만난다. 중풍 후유증으로 겨우 몸을 운신할 정도로 힘드신 분이 안쓰러워 늘 긍정적인 인사를 해준다.

배낭을 메고 새벽산행 나설 때에도 건강운동을 하기 위해 나와서 힘들게 걷는다. 그럴 때 마다 격려의 말로 인사를 한다. 빨리 회복되라고 덕담을 잊지 않고 건네고 나서도 왠지 그에게 미안함이 앞선다. 산행은 못가더라도 지팡이 없이 맘대로 거리를 활보할 수만 있다면 얼마나 좋을까 하는 맘으로 나를 부러워할지 모르겠다. 새벽산책길에 나서면 노숙인도 자주 만난다. 노숙인은 현재 집도 없다.

얼굴 함께 맞대고 웃을 수 있는 가족도 없다. 감기라도 걸리면 이불 깔고 몸을 눕힐 수 있는 따뜻한 방도 없는 처지다. 그분도 나 같은 사람을 부러워할 수 있을지 모르겠다. 나를 부러워할 사람도 꽤 많을 거라는 생각이 든다. 산책을 하는 지금 일견 미안하단 생각이 자꾸 든다. 누구에겐가 감사드리고 싶다. 건강하지 못한 이들에게 미안한 생각이 들어 발걸음이 무겁다. 한편으론 한없이 행복하단 생각이 들면서도 말이다.

59

인생요리

커피숍에서 책을 읽는다. 곁에서 떠드는 소리에 나도 모르게 귀가 쫑긋해진다. 토마토는 생으로 먹는 것보다 삶아서 먹는 게 몸에 더 좋단다. 익힌 토마토를 치즈에 살짝 묻혀서 먹으면 아주 좋은 웰빙요리가 된단다.

고구마는 삶아먹는 것보다 구워서 먹는 게 더 맛있다. 구울 때는 처음에 불을 세게 했다가 다시 약한 불로 은근하게 오래오래 익히면 아주 맛이 그만이란다. 이런 이야기에 내 입에선 군침이 감돈다.

일급 요리사의 면모를 보여 주는 여인들의 이야기에 읽던 책을 덮고 내심 그쪽으로 안테나를 더 곧추 세운다. 요리엔 일가견이 있는 전업주부들인가 보다. 음식 만드는 일에 달인이 된 여인들이 자신들의 '인생 요리'는? 엉뚱한 방향으로 내 생각이 뻗쳐나간다. 고구마를 맛있게 요리하는 기술로 최고의 맛을 내는 웰빙요리를 자랑하는 여인들이 '인생 요리'는 어땠는지 자꾸 궁금해진다.

한순간에 먹어치울 고구마 굽는 기술이 단 한 번 만들어야 하는 '인생 요리' 솜씨에 비할 수 있으랴 싶어 듣고 있는 내가 더 진지해진다. 나의 '인생 요리'를 새김질해 보기로 한다. 요리에 자신 넘치는 주부들이 웰빙요리를 멋지게 자랑하듯 내 '인생 요리'도 누구 앞에서나 당당하게 내 놓을 수 있었으면 좋겠다. 굽거나 삶거나 찌거나 그 상황에 따라 맛과 영양도 달라지는 요리처럼 '인생 요리'도 정녕 그러하리라. 인생살이도 요리를 하는 방법에 따라 많은 차이가 날 것이란 생각을 하니 웰빙요리의 이야기가 그냥 수다로만 들리지 않는다. 옆 테이블의 요리솜씨 자랑에 마음을 뺏겨 다시는 집중이 되지 않아 책에 글자가 자꾸만 빗서 보인다.

머릿속으로 들어오질 않는 글자가 어쩌면 내 일회용 '인생요리'가 더 걱정되어서인가 보다. 오직 한 번밖에 할 수 없는 내 '인생요리'를 볶는 게 좋을까, 굽는 게 나을까, 찌거나 삶는 건 또 어떨까. 나는 한 번 잡생각을 시작하면 끝 모르고 이어가는 습성이 있다. '인생 요리'가 걱정이 되어서인지 자꾸 꼬리를 물고 따라 오는 생각들이 쉽게 잘라지질 않는다.

한 번밖에 요리할 수 없는 '인생요리'가 누구에게나 공장에서 찍어낸 상품처럼 똑 같은 거라면 차라리 좋겠단 생각이 든다. 잘살고 못사는 일 없이 모두가 똑같은 길을 걷다가 똑같은 생으로 마감한다면 선악에 대한 시빗거리도 없을 것 같다. 부질없는 잡생각들을 닫으면서 커피숍을 뒤로 하고 나온다. 인생살이란 참 복잡하게 살아야 한다는 걸 새삼스럽게 깨우쳐준 주부들이다. 내 '인생요리'는 좀 전의 부부들처럼 굽거나 삶거나, 찌기도, 볶기도 쉽진 않을 것 같아 발걸음이 더 무겁게 느껴진다.

요리자랑을 해대는 주부들만큼 내 '인생요리'도 쉽게 요리했으면 참 좋겠다는 생각을 하며 집을 향한다. 어떻게 하면 맛있는 웰빙 '인생 요리'가 될까? 집에까지 요리 이야기가 묻어왔다. 먹는 요리만큼이나 '인생 요리' 역시 다양하다는 생각이 사무치게 파고든다. 내 '인생 요리'는 계획만 하다가 생의 종점에 다다를 것만 같아 마음이 헛헛하다.

60

자미(滋味)있는 세상

"재미있는 책인가 보죠?"

전동차 옆 좌석에서 끼어드는 말을 무시하고 연신 책만 읽는다. 불쑥 밀고 들어온 '재미'란 단어에 미혹되어 책을 덮고 그만 상상의 세계로 빠진다.

내 삶에 재미있는 게 어디 책뿐이랴. 아들이 사준 운동화를 신을 때마다 편안해서 너무 재미있다. 딸이 사준 등산화로 험한 산길을 오를 때마다 재미를 느낀다. 며느리가 준 엠피쓰리에 음악을 다운받아 들으니 재미있다. 아내가 사준 잠바도 추운 날씨에 바깥출입을 든든하게 지켜주니 재미있다. 누구에겐가 선물 받은 모자와 목도리는 외출을 따뜻하게 해줘 재미있다. 텔레비전에 빠져들면 세상시름 잊을 때 더없이 재미있다.

컴퓨터에서 각종 정보를 검색해 볼 때, 음악을 다운받아 들을 때도 재미있다. 집에 있는 책도, 공짜로 얼마든지 읽을 수 있는 도서관 책들도 모두모두 재미를 더해준다. 명상하며 두뇌에 쌓인 긍정씨앗들이 움트는 걸 관조하다 보면 재미가 아지랑이처럼 솔솔 피어오른다. 만나는 사람마다 미소로 인사하면 웃는 화답 돌아올 때 재미가 더해진다. 길에서 처음 만난 사람에게 웃는 얼굴로 눈인사하면 어김없이 따뜻한 화답 돌아와서 훈훈한 재미를 가해준다. 세상길 오가며 만나는 이 모두에게 미소 보내려 애쓰니 되돌아오는 웃음꽃 정말 재미있다. 재미 없어 보이는 사람일지라도 애써 재미로 대하면 재미는 이자를 붙여 돌아온다.

매일 아침 떠오르는 태양을 거실에 앉아 바라보는 아침 시간이 하루를 즐겁게 열어주니 또한 재미있다. 종묘 숲 사이로 둥근 얼굴 쑤욱 내미는 보름달을 거실에 앉아 바라보며 마음이 침잠해질 때, 내 마음도 보름달이 되어 둥글어지니 재미를 한없이 느낀다. 어두운 겨울 새벽 등산길에 희미한 불빛 비춰주는 하현달도 내게 은근한 재미를 보내준다. 내 곁에 존재하는 세상만물을 죄다 살펴보니 내겐 재미있는 것들뿐이다. 재미있는 것들 모두 확인해보니 뇌 속이 한층 즐거움으로 충전되어 한층 더 재미있다. 대하는 사물들 모두모두 즐거운 맘으로 관조해 보니 새로운 녹진한 재미가 새롭게 묻어난다. 내가 걸어가고 있는 나의 인생길엔 재미들로만 가득 차 있는 것 같아 또한 재미있는 일이다. 재미란 '아기자기하게 즐거운 기분이나 느낌, 좋은 성과나 보람' 이란 뜻이다. '자미'란 글자가 유전자 돌연변이로 인해 재미가 된 거라고 엉뚱한 해석을 해본다.

자미란 '자양분이 많고 맛도 좋음, 또는 그런 음식' 이란 사전의 풀이다. 재미보다는 자미가 더 나을까 싶어 재미의 조상까지 아전인수 격으로 해석해보니 또한 재미있다.

재미처럼 기분으로만 느끼기보다, 자양분과 맛이 좋다니 '자미'가 더 좋을 것 같다는 나름대로의 해석까지 덧붙이고 보니 그럴 듯한 느낌이 드는 것도 또한 재미있다. '재미'보다 '자미'로 살아가려고 애쓴다. 마음의 자양분이 많으면 더 낫겠다 싶어 '자미'로 살기로 다짐하니 더 '자미'있다. 어디를 가나 맛있고 자양분 많은 사람이 된다면 정말 '자미' 있을 게다. '자미' 있게 생각하고 '자미' 있게 산다면 내 인생길은 언제나 '자미' 있으리라.

61

나잇값

"너는 몇 살이니?"

"아마 한 40여 살은 넘었을 겁니다."

"꽤 건방지지만 그런대로 용서해줘야 할 나이구나!"

"지금은 전신에 흉터자국뿐이라 볼품없지만 한때는 나도 새색시였답니다."

"네 하소연을 듣다보니 나도 마찬가지란 생각이 드는구나."

"안주인님이 시집 올 때 나를 데려와서 이사 갈 적마다 데리고 다녔습죠." "너도 그동안의 삶이 순탄치만은 않았겠구나!"

"그렇고말고요. 주인아주머니 살림날 때부터였으니 이 집안 내력을 환히 꿰고 있습죠. 주인님이 한숨 푹푹 쉴 때면 나도 부엌 한 귀퉁이에 초라하게 앉아 고개를 빠트리고 있었습죠. 철없는 삼남매의 웃음보가 터질 땐 나도 그지없이 즐거웠답니다. 지금은 나보다 잘나고 똑똑한 부엌가구들이 많이 들어왔지만 나도 소시 땐 꽤나 뻐겼죠. 그땐 나를 정말 소중하게 다루었다오. 지금이야 아무 데나 휙휙 집어던지는 천덕꾸러기가 되어 음식찌꺼기나 담는 신세가 한심한 생각이 들다가도 주인마님이 나를 아직도 버리지 않고 사용해주는 것만으로도 만족합죠. 나와의 추억을 잊지 못하고 같이 지내는 게 고마워서 음식쓰레기를 담아도 불평하지 않기로 했습니다. 나도 젊었을 땐 맛있는 음식만을 끓여내며 꽤나 우아했었죠. 물 좋던 세월 다 보내고 나니 무상한 생각만 드네요. 주인마님도 이젠 머리가 희끗희끗해진 걸 보니 나처럼 많이 늙었나 봅니다. 같이 늙어가는 처지라 주인마님이 내게 더러운 걸 담아 둬도 불평할 수가 없습죠. 갓 사온 주방기구는 아주 조심스럽게 다루는 걸 보면서 나는 추억을 되새기며 자위한답니다. 아무 데나 툭툭 내던져도 우리는 서로 사이가 나빠지지 않고 또 다른 정이 들어가고 있어 늙는다는 것도 편안한 점도 있나 봅니다."

나는 설거지를 하면서 낡아진 스테인리스냄비의 하소연을 듣는다.

"이제는 주인마님이 달랑거리던 나의 한쪽 손을 툭 떼버려 더 만만한 신세가 돼버렸답니다. 나는 주인마님과 생을 마치고 싶은데 언제 마음이 돌변해서 매몰차게 고물장수에게 던져버릴지 조마조마합니다. 이집을 지키며 늙어온 생이 무의미하게 끝나지 않았으면 좋겠습니다. 마지막까지 지내고 싶지만 내 운명을 나도 모릅니다. 제발 저를 버리지 않았으면 좋겠습니다만 사십 년 넘게 같이 살아왔으니 언젠간 헤어질 날이 반드시 있으리라 생각합니다. 한 손을 잃었지만 아직도 일할 수 있습니다. 오늘도 식구들을 위해 봉사하려고 대기하고 있는 중입니다. 이 집 아이들 코 흘리며 달랑거리던 때가 엊그제 같은데 이젠 다 어른이 됐습니다. 오래오래 지켜보며 나의 생을 마치고 싶은 생각 간절할 뿐입니다." 나는 설거지를 중지하고 한 쪽 손만 남은 스테인리스 냄비의 말을 들으며 물끄러미 바라본다. 고물이 된 냄비의 하소연에 내 나이가 무게가 되어 갑자기 짓누르는 느낌이다.

냄비와 나는 묵언대화를 나눈다. 신혼살림살이로 아내가 장만해왔으니 냄비도 아내도 나도 40년을 훌쩍 보내버린 신세다. 만물이 쉼 없이 낡아가는 대열에서 인간이라고 벗어날 수 있으랴. 살아있는 사람들도, 물건들도 빠짐없이 늙어가고 있는 모습이 환히 보인다. 모두가 늙어가고 있는 중이다. 펨토 초(1000조 분의 1초) 정도도 거꾸로 돌릴 수는 없는 원리를 벗어날 수 있겠는가. 자기 나이만큼만 값을 할 수 있다면 늙는 게 무슨 탓할 일이겠는가. 낡은 냄비와 나는 즐거운 마음으로 늙어가자고 묵언대화를 한다.

62

행복 만들기

모든 사람은 불행하거나 행복하다.

현재의 삶에서 반 발자국만 앞으로 나아가면 행복하고, 반 발자국만 뒤로 물러나면 행복할 수 있다. 반 발자국 차이도 안 될지 모르겠다. 새가 창공을 마음껏 날아다닐 수 있는 양쪽 날개 안에 불행과 행복은 숨어있다. 인생무대에 행복만 있다거나 불행만 있다 해도 행불의 구분이 힘들 거다. 행복은 불행의 계량기, 불행은 행복의 계량기에 올려야만 정확하게 측정된다. 작은 행복에도 만족해서 웃음 짓는 이는 불행의 눈으로 볼 줄 알기 때문이다.

작은 불행에도 견디기 힘들어하는 이는 행복의 눈으로만 불행을 보기 때문이다. 불행과 행복은 똑같은 재료로 만들어진 것이다.

　작디작은 행복을 손에 쥐고 웃음 짓는 이와 커다란 행복도 불행으로만 보는 이 중 누가 더 현명한지는 따져 볼 필요조차 없는 일이다. 불행과 행복은 늘 어깨동무하고 발 맞춰 걸으며 사람을 찾아다닌다. 똑같은 걸 두고서 한 사람은 불행이라고, 다른 이는 행복이라고 우겨댄다. 어디까지가 불행이고, 행복이라고 줄을 그어 나눌 필요가 있을까. 불행과 행복이 같은 것이니 보고 듣고 만지는 이의 판단에 따라 달라진다.

　늘 행복만 있다고 생각할 필요는 없다. 불행만 내 곁에 있다고 생각해서는 더더욱 안 된다. 행복과 불행이란 느낄 때만 존재하는 요물이다. 어제 행복이었던 게 오늘 불행으로 둔갑하는 게 아니라 그렇게 느낄 따름이다. 나는 오늘 하루 행복하게 지낼 수 있을까를 내게 물어 본다. 나는 오늘 불행하게 지내지 않으려고 심안을 크게 떠 보라고 내게 충고한다. 내 앞에 존재하고, 전개되는 모든 일이 행복인지 불행인지 내게 물어 보리라. 오늘, 지금, 현재, 찰나에도 나는 행복할 권리가 있다. 지금 내 앞의 매사를 행복한 부분만 바라보며 키우리라. 행복하다고 인정해 줄 때만이 행복은 활기를 띠며 점점 성장해 간다. 웃음소리가 끊이지 않는 가난한 집 창가에 행복의 파랑새가 날아 앉는다. 긴장에 휩싸인 부잣집에선 서로 옳다고 다투는 검은 새가 날아와 앉는다. 전신이 마비되어 몇 년 동안 누워 있다가 겨우 발가락 하나 꼼지락거릴 때 환호성을 외치는 이웃도 볼 줄 알아야 하지 않을지. 지팡이로 겨우 한 발자국 뗄 때 가족들의 행복감은 무엇과 바꿀 수 없을 게다.

나는 가난한 이와 부자의 웃음을 동시에 들어보려 애쓴다. 남의 웃음을 들으면서 내 안의 불행 속에 숨은 작은 행복을 찾아낸다. 행복하고만 살아보리라고 맹세도 한다. 억지로라도 말이다.

행복을 찾아내려고 애쓰는 집에는 행복만 보인다. 불행만 눈에 띄는 집엔 불행만 점점 자라난다. 불행과 행복 중에 어느 쪽을 선택할지는 각자의 몫이 아니겠는가. 대형 교통사고를 만난 사람이 "한 눈만 빠진 게 참으로 다행이다." 라고 말했다. 이따금씩 헤아려 봐야할 말이 아닐는지. 행복도 불행이란 원료를 적당히 잘 배합시켜야만 의미가 더 강해진다. 실패라는 재료는 쉽게 버리지 않고 재생품으로 만들면 훌륭한 성공이 만들어진다. 성공에는 실패란 재료가 전혀 섞여있지 않으면 오래 버티지 못할 수가 있다. 생활에 필요한 도구를 만들 때 한 가지 재료만으론 만들지 못한다. 사용하는 기구나 도구를 찬찬히 살펴보면 여러 가지 재료로 구성된 걸 알 수 있다. 삶이란 생과 사의 재료가 섞여 있다는 걸 알면 더 올바르게 살아갈 수가 있다.

죽음의 일부분이 섞여있지 않으면 완전히 살았다고 자신할 수도 없는 일이다. 삶과 죽음을 쓰레기 분리수거하듯 완전 분리할 수는 없는 노릇이다. 죽음은 삶을 가르치고, 삶은 죽음을 가르치기에 둘의 가르침을 따를 수밖에 없다.

63

심부름꾼인 얼굴

매일 밖에 나가기 위해 세수를 한다. 몸뚱이의 대표인 줄 알고 매일 얼굴만 열심히 씻어댄다. 얼굴의 관상을 보면 그 사람의 생각과 마음을 짚어낼 수 있다. 마음을 고스란히 섞어 놓지 않은 얼굴은 콘크리트처럼 딱딱하게 굳어있다. 얼굴만 치장한다는 건 마음이 무척이나 섭섭해 할지 모른다. 마음을 매일매일 깨끗이 씻으면 얼굴도 좋아서 진실하게 반응한다.

얼굴 화장만 치중하면 마음이 화장하는 일 소홀하다고 섭섭해 할지 모르겠다. 초점 없이 멍한 얼굴을 보고 얼빠진 사람이라고 한다. 세수를 하려다말고 대야 앞에서 한참동안 망설인다. 얼굴보다 마음을 먼저 씻었으면 좋겠단 생각이 떠올라서다. 먼저 뇌를 깨끗이 씻는다면 얼굴도 맑아지겠지. 뇌를 전혀 씻지 않고 얼굴 씻기에만 집중하다보면 얼빠진 얼굴이 될까 염려된다. 얼굴보다는 먼저 다듬어야할 게 뇌와 마음이 아니겠는가.

잠자리에 들면서 종일 마음에 낀 때를 박박 씻어내며 마음 화장을 한다. 아침에 더러워진 얼굴을 씻고 밤엔 낮 동안 더러워진 마음 씻는 명상을 해본다. 밖으로 나가면서 얼굴을 씻듯, 마음도 씻는 일에 게으르지 말아야 하리라. 거울 앞에 서면 얼굴 먼저 보지 말고 마음 먼저 보려 애써보리라. 음식을 잘못 먹으면 배탈이 난다. 마음도 잘못 먹으면 마음탈이 난다. 평생 동안 먹는 일 쉬지 않고 이어왔지만 먹는 일이 서툴러서 배탈이 날까. 하루도 쉬지 않고 수면을 취해왔는데도 잘못 자서 목이 뻣뻣해질까. 평생 걷으면서 살아왔는데도 걸음걸이 서툴러서 넘어져 다리가 부러질까. 매일 사람 만나며 살아왔는데도 사기꾼 만나 함정에 빠질까. 평생 살아온 부부인데 속마음 알지 못해 오해 사서 다툴까.

수많은 연습으로 얻은 권력과 명예인데 한순간 잘못에 비난의 나락으로 떨어질까. 얼굴은 마음의 심부름꾼밖에 안 된다. 심부름꾼인 얼굴이 '나'의 대표인줄 잘못 알고 과도하게 챙겨 주었구나. 심부름꾼을 대표인줄 잘못 알고 나는 지금껏 과도하게 대접하며 살아온 게 분명하구나. 생각하고 또 생각해도 제대로 심부름도 못하고 거드름만 피우는 얼굴인데 말이다.

인생달인

"아무렇게나 하라는데 왜 그리 말이 많아!"

앞에 가는 사내가 휴대전화로 어찌나 큰소리를 질러대는지 나도 모르게 깜짝 놀라 움찔한다. 읽던 책을 덮고 정신을 가다듬는다.

전화통화 중간의 '아무렇게나'만 뚝 잘라서 앞뒤를 내 맘대로 맞춰보며 성난 사내의 뒤를 따라 걷는다. '이렇게, 저렇게, 그렇게'를 해봐도 신통찮을 때 두루뭉술하게 하는 게 '아무렇게나'가 아닌가 싶다. 무슨 일을 할 때 '이렇게, 저렇게, 그렇게' 할 수 있는데 그중 어느 걸 택하면 최상이 될까. '이렇게, 그렇게, 저렇게'를 배제한 채 '아무렇게나' 하다가 큰 낭패를 당할 수 있는데 왜 저이는 화까지 내며 '아무렇게나'를 강조하는 걸까. 꼭 이렇게 해야 한다. 꼭 저렇게 해야 한다. 꼭 그렇게 해야 한다.

'아무렇게나'는 대개 위의 세 경우처럼 '꼭'이란 수식어를 붙이지 않는다. '꼭' 접두어를 붙이지 않아도 되는 '아무렇게나'라고 해서 전적으로 일을 망치는 것만도 아니라는 생각이 든다. 달관 뒤에 따라 나오는 '아무렇게나'는 일을 아주 쉽게 해낼 수 있는 영특한 재주를 지니고 있다. 하기 싫은데도 꼭 이렇게, 꼭 저렇게, 꼭 그렇게는 스트레스가 따라 붙는 경우가 더 많다. 한세상 살아가면서 '꼭'을 붙이지 않고 '아무렇게나' 살아 보는 것도 참 좋겠다는 생각이 들게 하는 성난 사내의 목소리다. 한 번밖에 살 수 없는 인생을 '아무렇게나' 사는 게 옳을까, '꼭'이란 접두어를 붙여 이렇게 저렇게 그렇게 살아야 잘 사는 걸까. 성난 목소리로 전화하는 뒤를 따르며 계속 생각해 보지만 좀처럼 확답이 나오질 않는다. 인생이란 어떻게 살아야한다는 롤모델이 있을 것 같기도 하고, 그렇지 않을 것 같기도 하고, 그야말로 아무렇게나 살아도 될 것 같기도 하다. 앞서가는 이의 말처럼 '아무렇게나' 산다면 참 좋겠다는 생각의 꼬리가 잘라지질 않는다. 어쩌면 '아무렇게나' 행하는 게 '도(道)'에 가까운 삶이 아닌지 모르겠다. '아무렇게나'로 행하는 일은 아무것에도 얽매이지 않아서 좋을 게다.

'이렇게, 그렇게, 저렇게' 의 앞이나 뒤에 '꼭'이 붙으면 더 어려울 것만 같다. 아무렇게나 잘 자면 건강할 수 있다. 아무렇게나 잘 먹으면 몸에 좋다.

마음을 아무렇게나 내버려두면 홀가분해지고 정신건강에도 좋을 게다. 텔레비전에서 '달인' 프로를 보면 하는 일이 '아무렇게나' 하는 것처럼 보인다. '이렇게, 저렇게, 그렇게' 라는 과정을 거친 뒤에야 '아무렇게나' 하는 '달인'이 된다. 이제 막 걸음마를 배운 아기가 아무렇게나 걷지 못한다. 막 운전을 배운 사람이 아무렇게나 차를 운전하지 못한다. 아무렇게나 인생을 살 수 있다는 건 달인이 된 후에 가능한 일이다. 성난 사내의 뒤를 따르다가 '아무렇게나'란 거센 파도에 밀린 듯 정신이 얼얼하다. '이렇게 저렇게 그렇게' 살아보면 나도 '아무렇게나' 살 수 있을까.' 중얼거리며 사내의 뒤를 따라 걷는다.

65

사랑 때문에 살지

커피숍 2층 창가에서 거리에 오가는 사람들을 내려다본다. 멈추지 않고 걷는 저들은 지금 가고 있는 걸까, 오고 있는 걸까. 바쁘게 걷는 저 사람들처럼 내 인생은 지금 살아오고 있는 걸까, 살아가고 있는 걸까. 내 인생살이 역시 무척이나 궁금하다. 나이 드신 이가 죽으면 돌아가셨다고 말한다. 어디론지는 명확히 알 수는 없지만 가신 것만은 분명한 사실이다.

지금 길을 걷는 이들은 '사랑' 때문에 쉬지 않고 걷고 있다고 말하고 싶다. 손자에게 줄 사랑을 담은 비닐봉지를 든 노파는 집으로 오는 길인가 보다. 말쑥하게 차려 입은 청년은 사랑하는 사람을 만나러 가는 걸음이인가 보다. 아이에게 맛있는 음식을 만들어주려고 지출을 계산하며 걷는 주부도 오는 길이다. 헤어지자고 매몰차게 돌아선 아가씨는 애인을 다시 만나러 가는 중인가 보다. 사랑하는 남자와 헤어지면 마음이 아파 견딜 수 없어 되돌아가는 걸음걸이다. 내 맘대로 이유를 붙여보니 모든 이들이 걸어야 할 이유 하나 씩이 해당된다. 창밖을 내다보며 오가는 걸 따지는 나는 왜 일까. 내가 이 자리에 있어야 할, 기다리는 사람 없이 혼자 앉아있을 이유를 소크라테스 할아버지라면 시원스레 대답해줄 수 있을까.

많은 이들이 지금 걷고 있는 이유를 '사랑' 때문이라고 진단해 본다. 내가 이 자리에 존재하는 이유도 '사랑' 때문이라고 말하고 싶다. 커피 한 잔 시커 놓고 담배를 피워대는 이도 '사랑'을 기다리는 것이라고 생각한다. 걷는 이들도, 커피숍에 앉아 있는 이들도, 모두 '사랑' 때문이라고 말하고 싶다. 사랑하는 이를, 사랑하는 친구를, 신의와 사랑으로 인연 맺은 선후배를, 동업자와 신뢰의 사랑을 쌓기 위해서 기다리고 있는 이도 있을 게다.

기다리는 사람 없이 앉아있는 나는 지금 '사랑'이 창밖의 은행나무처럼 노랗게 익어가고 있는 중이다. 나의 내면의 탐욕, 야심, 허욕, 질투심, 아집, 모두모두 이 순간에 '사랑'으로 변해갔으면 참 좋겠다.

　마음눈을 크게 뜨고 사람들을 둘러보니 내 안에 있는 모든 게 '사랑'으로 익어간다. '사랑'의 눈엔 사랑만 보인다. 삼라만상이 사랑으로 보이기 시작하는 순간이다. 존재하는 모든 것이 '사랑'으로 변해가고 있는 이 순간이 참 즐겁고 행복하다. 길거리와 실내의 모든 이들은 '사랑'을 가꾸려고 걷고 있다고 나는 지금 꼭 믿으련다. 아니, 믿고 있는 중이다. 바쁘게 오고 가는 저 사람들처럼 나도 온통 '사랑'으로 바쁘게 변하고 싶다. 사랑! 내 안에 있는 모든 것들이 '사랑'으로 익어 가리라고 은행나무 노란 이파리들이 너울거리며 내 마음을 쓰다듬어 주고 있다. 커피숍에서 나와 많은 사람들 속으로 들어가 함께 걸어본다. '사랑'이란 재료로 건축한 '사랑집'을 향해 나도 바쁘게 걷는다. 오고 가는 것이 다 똑같아 보이듯 모든 게 '사랑'처럼 보여서 기분이 참 좋다.

66

참새와 '나'

만날 사람이 아직 오지 않아 음식점 앞 의자에서 책을 읽는다. 참새 한 마리가 내 발부리까지 호깍호깍 뛰어온다. 1m도 안 되는 거리까지 와서는 나를 힐끔힐끔 쳐다본다. 음식부스러기를 쪼아댄다. 내가 책을 잘 읽는지 자기가 먹이를 잘 쪼는지 내기나 하자는 표정이다. 눈을 내리 깔고 참새를 못 본체하며 곁눈질로 슬며시 살펴본다. 호깍호깍 뛰며 나를 힐끗힐끗 쳐다보는 모습이 꽤나 앙증스럽다. 참새가 날아가면 큰일이나 생기는 것처럼 조바심을 내며 곁눈질로 계속 관찰한다.

행인들에게 거의 밟힐 정도로 가까이 다가 왔는데도 강심장을 발휘하고 있다. 나와의 거리를 20~30cm까지 다가오는 용기가 어디서 나오는 걸까. 배짱을 과시하며 나의 기를 죽이려는 의도인지도 모르겠다. 많은 사람이 지나다니는 데서 식사하는 건 다반사라는 걸 과시하려는 걸까. 참새는 대개 혼자 다니지를 않아서 '참새 떼' 란 말을 하는데 이 녀석은 의외다. 이 녀석은 왜 혼자서 다닐까. 내가 지금까지 살아오면서 이 녀석처럼 위험을 무릅쓰고 과감하게 기개를 펴본 적이 한 번이나 있었던가. 참새의 일생에 비해 몇 생이 될 만할 세월을 살아왔으면서도 이 녀석만큼이나 용기 있는 행동을 못해본 것이 사실이다. 어처구니없이 참새 앞에서 자꾸 주눅이 들려고 한다. 이 녀석도 나처럼 걷거나 뛰기만 한다면야 한 번쯤 겨뤄 볼 만하겠지만 날개 때문에 어림없는 일이다.

참새보다 지능이 높다고 자부해왔는데 내 앞에서 까불대는 녀석을 보니 내 자신이 참 초라하게만 느껴진다. 사람들이 더 가까이 다가오는데도 여전히 나를 얕잡아 보는 태도로 태연히 식사만 하는 참새. 참새보다 나는 용기가 없다. 날쌘 행동을 하는 재주도 없다. 이번엔 포르릉 날아오르며 나의 기를 꺾는다. 다시 내 앞으로 호깍호깍 뛰어 오는 게 꼭 내게 약을 올리는 시늉이다. 참새가 무슨 내기를 하자고 한들 이길만한 재간이 내겐 없다. 참새처럼 날거나 예리한 행동을 취할 수도 없으니 말이다. 사람이 언어를 사용하기에 만물의 영장이라고 하는 학자의 글을 봤던 생각이 난다. 아마 참새도 자기들끼리는 분명 통하는 말을 할 게다.

참새가 인간을 일러 편협한 사고를 지닌 하등동물이라고 얕잡아 보는 건 아닌지 모르겠다.

손을 재빠르게 뻗어 한번 잡아보라고 참새가 내게 계속 비아냥대는 느낌이다. 짐승 말을 알아듣지 못하면서 어찌 만물의 영장이라 자칭하느냐고 비웃는 것 같다. 자기들끼리만 사용하는 말을 가지고 만물의 영장이라고 자칭하는 게 말짱 거짓이라고 비난하는 듯도 싶다. 사람이 참새의 말을 알아듣지 못함이나 참새가 사람의 말을 알아듣지 못함이 똑같은데도 말이다. 참새가 내 앞에서 너무 자신 있게 행동하니 나는 자꾸 의기소침해지려고 한다. 이 녀석처럼 용기 있는 삶을 살려면 앞으로 몇 년이나 더 사는 연습을 해야 할지. 내 생에 그럴 날이 오지 않을지도 모른다. 참새와 시합을 해 본다면 내가 이길 수 있는 게 몇 가지나 될까. 참으로 미약한 존재가 바로 참새 앞에 앉아 있구나.

무서운 개구리참외

오아시스 커피숍 앞을 지나가는데 최 사장님이 들어오라는 손짓을 한다. 냉장고에서 어른 두 주먹을 합한 정도 되는 것을 꺼내준다.

개구리참외라는 말을 듣고 새삼스럽게 자세히 살펴본다.

개구리 등처럼 생겼구나 싶은 생각을 하니 습지에 뛰어다니는 개구리가 연상된다. "집에 가지고 가서 사모님과 잡수세요. 엄청 달아요!" 왜 지나가는 사람을 불러서 하필이면 다른 것도 아닌 개구리참외를 줬을까. 얼떨결에 받았지만 왠지 찜찜한 기분이 꼬리를 물고 일어난다. 개구쟁이 시절 어지간히 개구리를 괴롭혔던 일이 생생하게 떠오른다.

바느실 끝에 메뚜기를 묶은 막대로, 풀밭에서 불룩불룩 단

전호흡하고 있는 개구리 녀석 앞에다 대고 까딱까딱 낚시질을 해댄다. 눈앞에 무언가 움직이면 개구리는 홀떡 뛰어올라 덥석 물어버린다.

장난감이 귀했던 시절 우리는 개구리로 제기차기를 하거나 온갖 고문을 하며 논다. 고통에 시달리는 개구리 심정이야 아랑곳 않고 빼앗고 뺏기며 개구리시체 놀이에 시간가는 줄 모른다. 뻥 소리를 내며 터질 때까지 입으로 바람을 휘익 불어넣는다. 찢겨진 개구리의 살점이 발딱발딱 뛸 때까지 고통을 주며 논다. 무료한 아이들의 장난감으로 희생된 개구리는 갈기갈기 찢겨져 길바닥에서 밟혀가며 생을 마감한다. 개구리가 시력이 형편없다는 걸 어렸을 때는 몰랐다. 눈앞에 무언가가 흔들거리기만 하면 무조건 덥석 무는 습성을 지니고 있다. 눈으로 먹이를 식별하는 것이 아니라 입안에서 먹어야 할 것과 먹지 말아야 할 것을 분별해서 다시 토해내거나 삼킨다. 개구리처럼 아무거나 덥석 물어대는 사람이 많은 세태다. 개구리는 삼킬 것과 뱉어내야 할 걸 철저하게 알아서 처리하는데 사람은 시력이 형편없어서인지, 입맛 감각이 퇴화되어버렸는지 알 수가 없다. 삼키지 말아야 할 것을 잘못 삼켜서 곤욕을 치르는 정치가, 고위직 공무원이 수두룩한 세상이다. 국립 무료호

텔에서 무료숙박하고 있는 정치가들을 볼 때마다 어렸을 때의 개구리가 떠오르곤 한다. 아무거나 덥석 삼켜버린 정치가나 고급공무원들이 신문의 헤드라인 뉴스를 장식하는 일이 비일비재한 현실을 목격할 때마다 개구리만도 못한 것 같아 씁쓸하다.

개구리참외를 받아가지고 집으로 돌아오면서 자신을 곰곰 되짚어본다. 최 사장님이 혹시 내게 보내는 경고장일까. 개구리참외 하나를 받아오면서 이런저런 생각이 자꾸 꼬리를 물고 따른다. 왜 내게 개구리참외를 준 걸까. 이건 내 인생길에 혹시 독약은 아닌지. '이 개구리참외 보면서 생각나는 거 없으면 아직도 철들려면 멀었네요.' 최 사장이 혹시 이랬을까. 나야 정치가도 아니니 돈다발 가지고 얼른거릴 자 없을 테니 그건 아닐 테고. '아무 여자나 덥석 물다가는 신세 망쳐!' 혹시 이런 경고는 아닐까. 개구리를 골똘히 생각하다 보니 무섬증이 왈칵 덮친다. 언제 시간을 한번 내서 개구리나 뵈러 야외에 나가야겠다. 개구리한테 먹을 것과 먹지 말아야 할 걸 제대로 구별하는 식습성이나 전수받았으면 좋겠다. 좋다고 덥석 받을 일만은 아닌 게로구나.